문제는 정치야 바보야

– 운동권 정치를 심판한다

문제는 정치야 바보야

– 운동권 정치를 심판한다

이동호 지음

북앤피플

대한민국의 존립문제가 최우선

저자(著者)는 정치의 최우선 과제는 국민들 먹고사는 문제라고 지적하고 있다. 그러나 먹고사는 문제보다 더 심각한 문제에 대한민국이 처해있다. 대한민국의 존립문제다.

1949년 미군이 남한에서 철수하였다. 1950년 미 국무장관 애치슨은 애치슨라인을 선포하면서 대한민국을 미국의 방위선에서 제외하였다. 막강한 공군과 해군력을 갖고 핵무기로 무장한 미국이 구 소련이나 본토 중국과 지상에서 전쟁을 할 이유가 없다고 믿었을 가능성도 있고, 모택동의 중국, 스탈린의 소련과 미국이 한반도에서 평화를 유지하고 싶었을 것이다. 소련은 소련군을 북한에서 1948년 12월 완전 철수하였다. 미군이 남한에 머물 명분이 없어진 것이다. 그러나 북한의 김일성이 스탈린의 소련과 모택동의 중국의 도움을 받아 전쟁을 일으킬 가능성을 간과한 것으로 보인다. 1949

년 남한에서 미군이 철수하자 김일성은 1950년 6월 25일 기습적으로 전쟁을 일으켰다.

1973년 미국과 북베트남이 파리 평화협정을 체결하고 미국은 월남에서 미군을 철수하였다. 평화협정을 협상하는 과정에도 북베트남의 무력통일을 위한 준비는 진행되었고 1975년 4월 무력통일에 성공하였다. 평화협정-미군철수-무력통일 이런 순서로 북베트남에 의한 월남통일이 이루어졌다. 더욱 놀랍게도 미국과 월남은 1991년부터 국교정상화 협상을 시작하여 1995년 미국-월남간의 외교관계가 맺어졌고 지금은 미국의 중요한 동맹국이 되었다. 그러나 월남은 공산당이 지배하는 나라다. 북한과 남한의 좌파들이 이런 점을 간과할 리가 없다.

북한은 한 편으로는 핵무기를 개발하면서 다른 편으로는 미국과 평화협정에 압박을 가하고 있다. 대한민국 좌파들과 운동권은 북핵을 인정하고 있다. 노무현 대통령은 2004년 11월 "(북한의 핵 보유 논리에) 일리가 있다"고 하였고 2006년 8월 "왜 인도는 핵무기 보유가 되고 북한은 안 되는지 이해 못해"라는 발언을 하였다. 금년 1월 초 북한의 4차 핵실험 후 좌파들은 북핵은 대미용(對美用)이라면서 북한의 주장에 동조하는 한편 우리 정부는 북한과 대화로 풀라고 한다. 좌파들은 대화로 풀리지 않을 것을 더 잘 알고 있을 것이다.

종북좌파들은 북한과 동조하여 정전협정을 평화협정으로 바꾸고 주한미군이 철수할 것을 요구한다. 북한은 유치원생까지도 미군의 한반도 철수를 노래한다. 북베트남이 미국과 평화협상을 하면서 무력통일을 계속 준비하고 미군 철수를 요구한 것과 꼭 닮았다. 미군 철수 후 북한은 핵으로 위협하면서 무력통일을 시도할 것이다. 저자에 의하면 6·25 당시 남한에는 남노당 조직이 북한의 김일성의 지령에 따라 움직였고, 지금은 그에 버금가는 종북단체가 종북좌파 운동권 단체라는 것이다.

저자는 운동권 특히 전대협의 민낯을 속속들이 밝히고 있다. 평화협정-미군철수-핵무기에 의한 무력통일이라는 북한의 통일 시나리오의 한 축을 평화통일이라는 명분으로 전대협이 담당할 수도 있음을 저자는 밝히고 있다.

정치의 기본을 쉽게 설명하며 좌파정치의 문제점과 모순점을 예리하게 파헤친다.

정치지망생, 정치신인, 기존 정치인 모두에게 필독서로 추천한다.

2016년 2월

이영작(전 한양대학교 석좌교수)

정치를 위하여

19세기 말 조선을 둘러싼 세계는 세기적 변화를 겪고 있었습니다.

서구 강대국과 신흥 강대국이 서로 전 세계를 상대로 식민지 쟁탈의 결전을 치르는 소용돌이에 있었습니다. 우리 조선의 정치와 지도자만 이를 몰랐고 무시했고, 안일하고, 무지했습니다. 조선 말 1907년 대한제국의 총 병력은 중앙군 4,215명, 지방군 4,395명, 헌병대 265명 등 총 8,785명에 불과했습니다. 반면 1905년 러일전쟁 당시 일본은 120만 대군과 영국의 지원으로 강력한 함대를 보유하고 있었습니다(김용삼, 《이승만의 네이션빌딩》, 북앤피플, 2014, p.40). 나라가 아니었습니다. 이런 나라가 망하지 않은 것이 오히려 이상한 지경이었습니다. 조선의 국가 공동체를 이끄는 정치가 기능을 다하지 못한 결과였습니다.

정치가 무엇인가라는 문제는 오랜 기간 동안 탐구의 대상이었습니다.

정치가 국가 공동체를 흥하게도, 망하게도 하는 것을 우리는 역사를 통하여 보아왔기 때문입니다. 멀리 볼 것도 없습니다. 조선 시대 말 우리는 정치가 무기력하고, 그 지도자들의 무지가 어떤 결과를 가져왔는지 커다란 고통의 대가를 치르면서 경험했습니다. 치욕적인 36년간의 식민지 생활을 우리는 겪었습니다. 우리는 아직도 그 후유증을 치유하지 못하고 갈등하고 있습니다.

정치란 국가공동체의 이익을 다루는 영역입니다. 국가 공동체의 방향을 정하고, 이의 실현을 위한 우선순위를 정하고, 방법을 실천하는 규칙을 정하는 것입니다. 현대 선진정치는 그 결정과정에 자유민주적 방식이 동원되는 것입니다. 사람은 서로 다릅니다. 이렇게 다른 개인이 공동의 목표를 세우고 평화롭게 서로 협조하는 것은 결코 쉬운 일이 아닙니다. 너무 어려운 영역입니다. 그동안 정치를 놓고 수많은 국가 공동체의 역사만큼이나 다양한 견해가 나온 것이 그 때문입니다.

오늘 우리가 존중하는 정치에 대한 견해와 절차는 그동안 인류의 실천 활동의 결과를 우리가 얻게 된 지혜입니다. 우리가 현재 구가하는 자유민주주의는 거저 얻어진 것이 아닙니다. 숱한 전쟁과 갈등을 경험한 우리가 그 과정에서 얻게 된 것입니다. '갈등을 제도화하고, 제도 내에서 평화롭게 해결하고자 하는 지혜의 산물'인 것입니다. 그렇기에 우리가 선택한 자유민주주의 체제는 중요하고 소중한 것입니다. 완전하지는 않지만 현재까지 이보다 더 나은 제도는 아직 발견하지 못했습니다. 우리의 정치 제도는 아직도 더 나은 방향으로 진화중인 것입니다.

공동체 성원의 견해를 하나로 모아 그곳을 향해 전력을 다하게 하는 것은 정치의 중요한 기능 중 하나입니다. 이것이 실패하면 그 정치 공동체는 방향을 잃고, 추락하는 것입니다. 공동체가 바른 방향을 정하고 서로 협력하기 위해서는 공동체 성원들의 지혜와 지도자의 혜안이 필요합니다. 앞을 내다보는 혜안과 지혜가 약육강식이 아직도 통하는 국제정치에서 개별 나라의 생존을 보장하는 것입니다.

21세기 초 지금 세계는 극심한 변화를 겪고 있습니다.

변화를 선도하는 국가 공동체는 승리하고, 자유와 번영을 구가할 것입니다. 변화에 뒤처진 국가 공동체는 쇠퇴의 나락에 빠질 것입니다. 20세기 초 조선이 그랬던 것처럼 말입니다. 전 세계가 경제위기를 맞이하여 이를 극복하기 위하여 전력을 기울이고 있습니다. 위기 극복을 위해서는 변화해야 합니다. 위기 극복을 위한 변화를 뒷받침하거나 혹은 선도하는 역할이 정치에 주어져있습니다. 국가 공동체의 이익을 위하여 앞으로의 방향을 정하고, 그 실현을 위해 서로의 협력을 이끌어내는 것이 정치의 영역이기 때문입니다.

지난 70여 년 간 대한민국은 숨가쁘게 달려왔습니다.

자유민주주의 국가의 건국과 6·25전쟁, 산업화와 민주화 과정은 세계가 주목하는 성공의 과정이었습니다. 그러나 민주화 과정을 경험한 대한민국은 민주화의 후유증을 심하게 앓고 있습니다. 대한민국 사회 곳곳에서 겪고 있는 극한의 대립과 갈등이 그것입니다. 이는 대한민국 만의 유일한 경험은 아닙니다. 세계 선진국 모두가 민주화의 후유증을 경험했습니다. 그러나 산업화에 성공한 나라 중 공산주의의 실험이 실패로 판명된 현재도 그 후유증을 겪고 있는 나라는 대한민국이 유일합니다.

　20세기 초 이래 100년 만에 다시 정치가 시험대 위에 서 있습니다. 위기를 극복하고 다시금 도약하여 세계 일류국가로 성장하느냐, 마느냐는 우리 국민들의 노력과 이를 뒷받침하는 정치가 담당해야 합니다. 그것이 내가 문제는 정치라고 주장하는 이유입니다. 갈등을 극복하고 협력의 힘을 높여 우리는 일류국가로 도약해야 합니다. 그 한길로 나아가야 합니다. 그 선두에 정치의 역할이 있는 것입니다.

　무엇이 대한민국 발전의 발목을 잡고 있습니까? 철지난 운동권 정치가 대한민국의 발목을 잡고 있습니다.

　갈등과 대립, 운동권 정치! 심판해야 합니다!

　민주화의 기수로 정치권에 진입한 운동권 정치인.

　그들은 정치를 저주와 분열과 대립의 장으로 만들었습니다.

　나와 다른 철학과 정책에 저주를 퍼부었습니다.

분열과 대립을 선동했습니다.

대화와 타협은 없습니다.

대안 없는, 끝없는 비난만이 이들에게 있을 뿐입니다.

세계가 부러워하는 대한민국의 기적.

그러나 지금 대한민국은 어느 것 하나 제대로 협력하여 이루기 어려운 대립과 갈등의 나라가 되었습니다.

선거를 통해 새로운 정부가 들어서면, 새 정부가 자신들이 국민들에게 공약한 정책을 시행하는 기회를 주어야 합니다.

그러나 운동권 정치인들은 선거에 패배한 날부터 곧바로 정권퇴진을 선동합니다.

사실상 다음 정권을 위해 국민들을 선동의 장으로 끌어들이는 것입니다.

국회는 마비됩니다.

무엇하나 제대로 정책을 시행할 수 없습니다.

박근혜 정부는 소위 '경제활성화 법안'을 국회에 제출했습니다.

서비스산업 발전기본법, 관광진흥법, 의료법, 국제의료사업지원법, 경제자유구역의 지정 및 운영에 관한 특별법 등 수년 째 국회에서 낮잠을 자고 있습니다.

전 세계는 무한의 경제전쟁에 돌입해있습니다.

온 국민이 하나같이 단결해도 국제경제전쟁에서 승리를 장담하기 어렵습니다.

지금 우리는 일류 선진국 진입이냐! 삼류로 후퇴냐! 기로에 있습니다.

대한민국 내부에서 대한민국에 저주를 퍼붓고, 매사에 반대만을 일삼는 운동권 정치를 이대로 두고서는 발전을 이룰 수 없습니다.

갈등과 대립, 운동권 정치! 심판해야 합니다!

대한민국의 발전과 경제살리기는 운동권 정치 심판에서 시작됩니다!

2016년 2월에

이동호

차례

I

운동권 정치의 심판

문제는 정치야, 이 바보들아!

−한국의 발목을 잡고 있는 운동권 정치

증오와 갈등의 운동권 정치 청산!
이것이 이번 총선의 시대적 과제다

박근혜 대통령의 발언이 절박하다.

"경제 살리기도 골든타임이 있는데 그거를 놓쳐버리면 기를 쓰고 용을 써도 소용이 없다."

박 대통령은 "정치권, 국회가 존재하는 이유는 첫째 국민의 삶이고, 국민 경제는 우리가 존재하는 이유"라고 호소했다. 여당 대표와 청와대 회동에서 쏟아낸 말들이다. 박 대통령의 호소는 벌써 다섯 차례나 거듭되고 있다. 점점 절박감이 더해간다. 그만큼 대한민국을 둘러싼 대외적 조건이 쉽지 않다는 대통령의 인식을 드러내고 있는 것이다.

'기업이 문을 닫지 않는 한, 사실상 해고가 불가능한 상황이었다. 이 때문에 기업이 신규 채용을 극도로 꺼리면서, 청년 실업률은 40%를 웃돌게 됐다.'

대한민국 이야기가 아니다. 조선일보의 2015년 10월 19일자 이탈리아 정치개혁에 관한 보도다. 그리고 덧붙였다. '지난 9월 4일 이탈리아 국무회의장엔 환호성이 퍼졌다. 해고요건을 완화한 노동법 개정안이 최종 서명한 직후였다.' '이탈리아가 대대적인 정치 개혁에 나서고 있다. 정치가 경제 회생의 발목을 잡는 주범으로 지목됐기 때문이다.'

이탈리아는 법률안이 상·하원을 동시에 통과해야 개정할 수 있는 구조다. 따라서 어느 한 정파 또는 상·하원 중 어느 한곳이라도 반대하면 법률안 개정이 어려운 구조다. 덕분에 정쟁(政爭)이 끊이지 않았다. 상원과 하원에 법률안이 왔다 갔다 하는 사이 세월이 다 간다는 말이다.

이렇게 된 데에는 이유가 있다. 이탈리아는 무솔리니의 전체주의 통치를 경험했다. 2차 세계대전 패배 후 이탈리아 의회는 또 다시 헌법과 법률 아래 무솔리니 같은 독재자가 나오지 못하도록 견제 장치를 마련한 것이다. 그것이 법률안의 상원과 하원 동시 통과 제도다.

최악의 위기를 겪고 정치 개혁, 노동 개혁 나선 이탈리아

이탈리아 국민들의 고민을 이해할 수 있을 것 같다. 그러나 선한 의도가 선한 결과를 초래하는 것은 아니다. 독재를 막고자 했던 이탈리아 국민들의 선한 의도는 정치가 발목을 잡는 오늘의 상황을 초래했다.

이탈리아는 국제금융 위기에 호되게 당했다. 국가의 미래를 점치기 어려운 지경에 이르러서야 대대적인 정치개혁에 나섰다. 이탈리아는 상원의원 수를 300명에서 100명으로 줄였다. 그리고 상원의 법률제정권도 없앴다. 그 결과 노동개혁 법안이 최종 통과된 것이다.

노동시장의 경직화는 전 세계적으로 기업이 노동자들의 신규 채용을 기피하게 만들었다. 해고가 어렵기 때문에 신규 채용을 극도로 꺼린다. 일자리는 기업이 만든다. 그리고 기업이 만든 새로운 일자리는 그 혜택이 노동자들에게 돌아간다. 경제 여건이 좋으면 채용을 늘리고 여건이 어려워지면 해고가 가능해야 한다.

그래야 기업이 일자리 만들기를 회피하지 않는다. 기업이 일자리 만들기를 꺼리면 그 피해는 신규 일자리를 원하는 청년층에게 돌아간다. 노동시장 경직화가 신규 일자리 창출을 막는 주범(主犯)이라는 것은 이미 전 세계에서 확인된 사실이다.

이탈리아 렌치 총리는 "정치개혁의 목표는 경제를 살리는 것"이라고 말했다. 이탈리아는 정치개혁을 통해 경제 활성화를 꾀하고 있는 것이다. 그동안 정치가 경제의 발목을 잡고 있었기 때문이다. 전 세계가 경제 불황을 맞아 경제를 살리기 위해 전력을 다하고 있다. 우리보다 경제력이 앞선 나라들이 더 치열하다.

대한민국과 경우는 다르지만, 겪고 있는 현실은 비슷하다. 정치가 경제의 발목을 잡고 있는 것이다. 대한민국 노동시장의 경직화는 이탈리아 못지않다. 김영삼 정부 시절부터 논의되어온 사안이다. 그 당시에도 야당 대표인 김대중 씨의 반대로 노동시장 개혁이 이뤄지지 않았다.

물론 여러 요인이 있지만 대한민국은 초유의 IMF 사태를 맞이했다. 많은 가장(家長)이 직장을 잃고 거리를 헤매야 했다. 그 후유증을 아직도 겪고 있다. 대한민국의 부익부빈익빈(富益富貧益貧)이 급격히 심화된 것은 IMF 사태 이후다.

이탈리아보다 더 심한 대한민국 정치의 '발목잡기'

대한민국은 정치의 발목잡기가 이탈리아 경우보다 더 심하다. 우선 국회선진화법이 정치가 경제의 발목을 잡는 최대의 무기다. 이것이 야당의 최대 무기가 됐다. 야당이 반대하면 무엇 하나 이룰 수 없다.

여기에 야당 주력세력의 이념적 편향성이 더해졌다. 세기적 실패로 끝난 사회주의적 실험을 아직도 대한민국에서 시도하는 집단이 국회 곳곳에서 대한민국의 발목을 잡고 있는 것이다. 주역은 전대협(全大協·전국대학생대표자협의회) 출신들이다.

박근혜 대통령이 일자리와 대한민국 경제의 활성화를 위해서 통과시켜달라고 아무리 호소해도 끄떡없다. 말도 안 되는 이유를 들어 반대한다. 노동개혁을 아무리 호소해도 이들은 정말 꿈쩍 않는다. 이들이 반대하는 속내가 궁금하다. 그 속내를 스스로 밝히고 있다.

"자주·민주·통일의 깃발을 버리면 더 이상 전대협이 아니다. 전대협 세대가 열린우리당으로 우회하지만 민주노동당과 함께 우리 사회의 방향을 잡는 역할을 하겠다."(이인영, '한겨레21', 2004년 4월 21일)

"산업화 이후 새로운 양극화가 가속화하고 있다. 이 상황에서 현재 상태의 극단적인 시장경제, 물질 만능주의로 계속 가는 게 맞는 건지, 사회적인 시장경제나 사회통합형 시장경제로 가는 게 맞는 건지 고민이 필요하다."(이인영, '오마이뉴스', 2010년 8월 5일)

이인영 의원의 발언은 첫째, 자신들의 정치이념이 자주·민주·통일이라는 것이다. 이는 전대협이 표방했던 것이다. 분명히 말하지만 자주·민주·통일 이념은 대한민국에서 나온 것이 아니다. 북한의 주체사상과 그에 따른 남한혁명론을 수입하면서 나온 말이다.

1985년 이전까지 학생운동에 자주·민주·통일이라는 용어는 없었다. 이 세 단어가 함께 쓰이는 것은 북한의 혁명론이다. 대한민국은

세계 7대 무역국이다. 이 대한민국이 실패한 북한을 배워야 하는
가. 전대협 출신 국회의원들은 답해야 한다.

대한민국의 시장경제체제와 다른 체제를 추구하는 정치권

그들은 대한민국이 채택하고 있는 시장경제체제와 다른 체제를
주장하고 있다. 사회적 혹은 사회통합형 시장경제를 말하고 있다.
이인영 의원이 말하고 있는 '사회적'이라는 체제는 이미 실패로 끝
난 사회주의와 무엇이 다른지 알기 어렵다. 하나는 분명하다. 대한
민국이 채택하고 있는 현 체제와는 다른 체제를 꿈꾸고 있다는 것
이다.

그렇기에 이들은 대통령이 아무리 호소해도 꿈쩍 않는다. 국회
라는 정치의 장에서 철 지난 이념과 국회선진화법이라는 무기로 전
대협 출신들이 버티고 앉아 사사건건 시비를 걸고 있는 것이다. 대
한민국에서도 경제활성화 법안과 노동개혁 법안이 통과되는 순간
의 환호성을 듣고 싶다.

문제는 정치다. 그것도 실패한 이념으로 무장된 전대협 출신들
이, 운동권 정치가 대한민국의 발전을 가로막고 있다. 이번 총선이
중요한 이유다. 증오와 갈등의 운동권 정치 청산! 이것이 이번 총선
의 시대적 과제다.

20대 총선의 화두는 운동권 정치 퇴출
-20대 총선의 의미

2016년 20대 총선의 시대적 과제는 무엇일까?

대한민국 국회에서 운동권 정치를 청산하는 것이 최우선 과제다. 운동권 정치가 대한민국 국회를 대립과 갈등의 장으로 만들고 있기 때문이다. 대한민국 국회는 무엇 하나 제대로 합의를 이뤄 낼 수 없는, 사실상 '식물국회'가 된 지 오래이다. 이는 운동권 정치가 대한민국 국회의 중심을 형성한 이후의 일이다.

운동권 정치를 청산하는 것이야말로 대한민국 발전의 새로운 시작이 될 것이다. 대한민국 내부에 대한민국을 저주하고, 매사에 반대만을 일삼는 운동권 정치를 그대로 두고는 대한민국의 발전은 요원하다. 대한민국의 지속 성장과 경제 살리기는 운동권 정치 심판에서 시작되는 것이다.

현재 야당 출신 국회의원 127명 중 운동권 출신은 63명이다. 이철호 중앙일보 논설실장의 글에 인용된 것이니 틀림없는 사실일 것이다. 대한민국 야당의 주력이 좌익 운동권이다. 이 좌익 운동권이 국회에 들어와 끼친 해악은 무엇으로도 비교하기 어렵다. 운동권 정치는 대한민국 국회를 정치가 아닌 극한의 대립과 갈등, 즉 투쟁의 장으로 만들었다.

'민주화의 기수'라는 탈을 쓰고 정치권에 진입한 운동권 정치인. 그들은 정치를 저주와 분열, 대립의 장으로 만들었다. 나와 다른 철학과 정책에 저주를 퍼부었고, 대한민국의 체제와 가치를 뒤흔드는 선동을 끊임없이 해댔다.

대화와 타협은 없다. 대안 없는, 끝없는 비난만이 이들에게 있을 뿐이다.

대립과 갈등을 해소하는 것이 정치

한때 전 세계는 대한민국을 부러워했다. 2차 세계대전 이후 식민지에서 탈피하여 건국된 140여 개 나라 중 산업화와 민주화를 동시에 이룬 유일한 제3세계 나라이기 때문이다. 그러나 민주화를 달성한 지 30여 년이 다 되어 가는 지금의 대한민국은 모든 분야에서 대립과 갈등이 만연해 있는 사회가 되었다.

교과서 정상화를 둘러싼 전쟁은 한 단면에 불과하다. 대한민국의 노사관계는 대립의 상징으로 되었다. 전 세계적으로 투쟁 강도나 전투력이 가장 강하다. 해외 기업이 대한민국에 투자를 꺼리는 가장 큰 이유가 강성노조가 주도하는 파업과 노사(勞使) 대립이다.

공장을 마비시키는 것은 예사이고, 일터를 전쟁터로 만든다. 수백일 간의 파업도 불사한다. 목적 달성을 위해서는 해외 원정 투쟁도 감행한다. 이러한 환경을 두고 대한민국에 투자를 강행하는 것은 모험처럼 보인다.

대립과 갈등을 해소하고 사회를 협력으로 나아가게 하는 것이 정치다. 정치란 개인의 활동 영역을 제외한 공공의 영역을 다루는 분야다. 공공의 영역을 누가, 어떤 원칙을 가지고, 어떤 순서로, 누구에게 분배하는가 하는 것이 정치의 영역이다.

정치의 방법을 놓고 사람들의 수만큼이나 다른 해법을 가지고 있다. 그 와중에 서로 다른 해법을 놓고 대립하는 것은 당연하다. 문제는 그 해결 방법이다. 과거 인류는 공통적으로 이 문제를 놓고 극단적으로 대립한 나머지 전쟁을 통하거나 무력을 통해 그 해결을 시도했다.

현대에 들어와 정치적 대립을 합리적이고 평화적으로 해결하는 방법을 고안했다. 선거와 다수결을 통한 해결이다. 자신의 의사를 대변하는 국회의원과 법을 집행하는 대통령을 선거로 뽑고, 그들의 다수결에 의해 정치적 해결을 하도록 제도화한 것이다.

이로써 우리 사회는 칼과 폭력이 아닌 문명으로 나아가게 되었다. 정치는 대립과 갈등을 해결하기 위해 고안된 방법이다. 우리 사회가 성장하기 위해서는 어느 정도 성장통(成長痛)을 겪어야 하는 것은 사실이다. 그러나 지금의 상황은 성장통으로 보기에는 너무 값비싸고 많은 대가를 치르고 있다.

사회가 발전하는 것은 갈등과 대립을 해결하고, 서로 협력하는 데 있다. 인류의 거대한 진보는 서로 협력하는 일에서 시작되었다. 갈등의 해결에 가장 좋은 방법은 민심을 따르는 것이다. 국민을 설득하는 일이 정치의 본령이다.

자신의 정책을 놓고 국민들에게 설명하고 이를 민심으로, 큰 흐름으로 만드는 것이 정치인의 사명이다. 혹은 국민들이 필요하다고 생각하는 것을 발굴하여 이를 정책으로 만드는 것도 정치의 일이다.

그러나 운동권 정치가 주류로 자리 잡은 대한민국 국회는 어떠한가?

선거를 통해 새 정부가 들어서면, 새 정부가 국민들에게 공약한 정책을 시행할 기회를 줘야 한다. 비판이 본업인 언론에서도 정권 초기에 비판을 자제하는 소위 '밀월 기간'이라는 것이 존재하는 까닭이다. 일정한 기간 동안 새로운 정책을 펼 수 있도록 국회가 협력하고, 이 시행을 지켜봐야 하는 것이다.

선거 패한 날부터 정권퇴진운동 벌여

비판은 일정한 시간이 지나 새 정부가 입안한 사업들이 평가를 받는 시점에 진행되는 것이 타당하다. 물론 야당은 새 정부의 정책에 대해 미리 자신들의 의견을 가지고 비판을 하는 것은 합리적이다. 평가를 위한 한 기준이 될 것이기 때문이다.

그러나 운동권 정치인들은 선거에 패배한 날부터 곧바로 정권퇴진을 선동한다. 운동권 정치는 선거에 패배한 날부터 다음 선거를 위해 국민들을 선동의 장으로 끌어들인다. 선거를 부정한 방법으로 했다는 등 개표 조작을 했다는 등 터무니없는 이유를 댄다. 국가기관이 선거에 부정으로 개입했다는 의혹을 제기하기도 한다.

지금이 어떤 시대인가? 우리 국민들이 부정선거에 동원될 만큼 어리석은가? 말도 되지 않는 소리다. 세계에서 교육을 가장 많이 받은 똑똑한 국민들이다. 운동권 정치의 결과는 국회 마비다. 무엇 하나 마음대로 정책을 입안하고 시행할 수 없다. 사사건건 이들이 관련 법안에 비토를 놓아 가로막기 때문이다.

박근혜 정부는 소위 '경제활성화 법안'을 국회에 제출했다. 불행하게도 서비스산업발전기본법, 관광진흥법, 의료법, 국제의료사업지원법, 경제자유구역의 지정 및 운영에 관한 특별법 등은 수년 째 국회에서 낮잠을 자고 있다.

서비스업을 육성 지원하기 위해 만든 서비스산업발전기본법이 국회에 제출된 지 1413일이 지났다고 한다. 4년 가까운 기간이다. 외국인 관광객을 유치하고 일자리를 늘리기 위해 호텔을 대폭 확대하는 내용의 관광진흥법 개정안도 지난 2012년 10월 제출된 이후 1130일째 방치되어 있다.

해외 환자 유치와 의료관광 활성화를 위한 국제의료사업지원법은 작년 10월 이후 1년 1개월 동안 상임위에 계류되어 있고, 원격의료 도입을 위한 의료법 개정안은 1년 7개월 넘게 상정조차 되지 못한 상태이다.

이들 법안은 정부가 경제 활성화와 일자리 창출을 위해 제출한 것이다. 그야말로 민생법안들이다. 오죽하면 박근혜 대통령이 11월 24일 국무회의에서 "국회가 민생을 위한다고 하면서 아무 일도 하지 않고 있다"고 비판하며 "이는 위선"이라고 직격탄을 날렸겠는가.

패권 잡기 위해 투쟁 불사

한국개발연구원은 이들 법안이 시행될 경우 늘어나는 일자리를 추계했다. 분석에 따르면 서비스발전기본법이 통과되면 69만 개의 일자리가 생길 수 있고, 관광진흥법 개정안 1만7000개, 국제의료사업지원법과 의료법 개정안은 9만4000개의 일자리를 새로 창출하는 효과가 있다는 것이다. 약 80만 개의 일자리가 새로 마련되는 것이다. 이 늘어나는 일자리는 청년실업을 해소하고 우리 사회의 활력을 불어넣을 것이다(조선일보 사설, 2015년 11월 13일).

그러나 운동권 정치는 꿈쩍을 하지 않는다. 도무지 해결책이 보이지 않는다. 진보그룹에 속한 한상진 서울대 명예교수는 "지난 10여 년 간 야당에 대거 입성한 운동권 출신 정치인들의 강한 응집력 때문에 낡은 진보의 문제점이 누적됐다"며 "패권문화가 맹위를 떨치고 있다"고 비판했다.

강한 응집력은 이들이 가지고 있는 낡은 이념 때문이다. 패권을 잡기 위해 투쟁을 불사하는 것도 이들의 낡은 이념 때문이다. 그 낡은 이념의 정체는 바로 계급투쟁론이다.

계급투쟁론은 공산주의 이론의 핵심사상이다. 마르크스주의는 계급이 발생한 이후의 인류의 역사 발전과정을 계급투쟁의 과정으로 보았으며, 계급투쟁을 역사 발전의 동력으로 인정했다. 인민들이 지배계급의 착취로부터 벗어나는 길은 오직 폭력을 동원한 혁명뿐이라며 "만국의 무산계급이여 단결하라!"는 전투적 구호를 내걸었다. 무자비한 폭력혁명을 신성시 한 것이다.

계급투쟁이 사회 발전의 동력이라는 마르크스주의자들의 주장은 인간의 본성을 부정하고 약육강식하는 동물적 본능을 찬양하는 비인간적인 주장이다. 계급적 대립과 투쟁이 사회발전의 동력이라면 인간은 발전은 고사하고 멸망하고 말았을 것이다.

인간의 동물적 본성은 본질상 가장 야수적이다. 맹수는 그날 먹을 것이 있으면 더 이상 사냥을 하지 않는다. 그러나 인간은 다르다. 1년, 10년, 100년의 식량이 있어도 더 많이 축적하고자 한다. 그 욕망은 끝이 없다. 그런 특성을 지닌 인간이 서로 대립하면 그 결과는 참혹하다. 피비린내 나는 살육전만이 있을 뿐이다.

인류는 인간 상호간의 대립과 갈등, 증오를 해결하기 위해 수만 년간 노력해왔다. 그 결과 상대방을 존중하는 훈련을 해온 것이다. 그것은 도덕, 예의범절, 종교 등의 형태로 우리에게 계승되었다.

이 노력의 덕택에 인류는 평화로운 삶에 더 가까이 간 것이다. 사회는 사람들 간의 대립과 갈등이 아니라 협력과 상호 협조를 통해 발전해 왔다는 것을 부인하기 어렵다. 이해관계의 대립만이 아니라 이해관계의 공통성에 주목하고 가치를 두기 시작하면서 인류는 발전한 것이다.

폭력을 숭상하는 좌익과 공산주의자들

계급투쟁론은 이러한 인류사회의 발전의 결과물을 모두 부인했다. 그리고 원시적 폭력을 숭상하고 이를 최고의 가치로 함으로써 우리 사회를 원시적 상태로 되돌려 놓은 것이다. 오늘날 우리 사회에 폭력시위가 난무하는 것은 이런 계급투쟁론으로 무장한 세력이 대한민국 사회를 흔들어 놓고 있기 때문이다.

폭력혁명을 통한 해결. 이것은 우리 사회를 증오와 갈등으로 몰아넣고 있는 주범(主犯)이다. 낡은 이념에 입각한 운동권 정치를 우리 사회로부터 퇴출시켜야 한다. 전 세계는 무한의 경제전쟁에 돌입해 있다. 온 국민이 하나같이 단결해도 국제경제전쟁에서 승리를 장담하기 어렵다.

지금 우리는 일류 선진국 진입이냐 삼류로 후퇴냐의 기로에 있다. 대한민국 내부에서 대한민국에 저주를 퍼붓고 매사에 반대만을 일삼는 운동권 정치를 이대로 두고서는 발전을 이룰 수 없다. 갈등과 대립, 운동권 정치를 심판해야 한다.

정의화 의장, 당신이 틀렸소
–입법 책임 방기한 국회의장 비판

지금이 태평천국인가?

이 경제난국에 팔장 끼고 앉아서 '여야 합의' 외치는

국회의장의 성(姓)이라도 갈아야 할 판

정의화 국회의장은 경제활성화법안과 노동개혁법안, 테러방지법안을 국회 본회의에 직권상정해야 한다. 이를 통해 현재의 '국회 입법 마비사태'를 해결해야 한다. 그것이 국회 수장(首長)으로서 당신에게 부여된 의무다. 이 의무를 거부하는 당신의 지금 행동은 틀렸다.

국가지도자의 판단의 책임은 무겁다. 막스 베버(Max Weber)는 《소명으로서의 정치》라는 저서에서 정치인은 책임윤리에 민감해야 한다고 말하고 있다. 신념에 충실한 윤리는 종교 지도자의 몫이고, 책임에 민감한 윤리가 정치인의 몫이라고 설파하고 있는 것이다.

정치인은 자신의 판단과 결정이 초래할 심각한 사태에 항상 결연히 마주해야 한다. 정 의장에게도 해당되는 말이다. 정 의장에게 충고한다. 당신의 결정이 틀렸소. 그 신념은 아무에게도 피해를 주지 않을 경우에 마음껏 지키시오. 지금 대한민국 국회의장으로서는 아니오.

"내 성(姓)을 다른 성으로 바꾸든지."

정 국회의장의 결기에 찬 발언이다. 박근혜 대통령의 청와대는 몸이 닳아 있다. 이번 정기국회가 마감되면 선거 국면으로 들어가 2016년 6월, 20대 국회가 구성되기 전까지 국회는 없는 것이나 마찬가지다. 따라서 박 대통령이 꼭 통과되어야 한다고 생각하는 경제 활성화 법안과 노동개혁 법안, 테러방지법 등의 처리는 사실상 힘들기 때문이다.

한국의 경제가 비상 상황이 아니라고?

이에 청와대가 전면에 나섰다. 현기환 정무수석이 공개적으로 국회의장실을 방문하는 모습을 보였다. 정 의장이 12월 31일 전후 선거구 획정안(劃定案) 만을 직권상정해서 처리하겠다고 밝혔기 때문이다.

현 정무수석은 국회의장이 선거구 획정안 만을 직권상정해서는 안 되며, 경제 활성화법과 노동개혁법, 테러방지법 등도 함께 처리해야 한다는 청와대의 입장을 밝힌 것이다.

정 의장은 청와대의 경제 관련 법안 직권상정 요구에 대해 "지금 경제 상황은 국가 비상사태라고 볼 수 없다"며 거부했다. 새누리당은 12월 15일 의원총회를 열고 헌법상 대통령의 긴급 재정경제명령까지 언급하며 직권상정 요청 결의문을 국회의장에게 제출했다. 지금은 야당의 내홍으로 입법이 마비된 비상사태라며 정 의장의 결단을 촉구한 것이다.

그러나 정 의장의 대답은 한결같다. '여야 합의 처리'라는 자신의 소신을 굳건히 지키고 있는 것이다. 더 나아가 국회의장으로서 정부의 압력에 굴복하지 않고 국회의 독립을 지키겠다는 결연한 자세다.

이와 관련해 매일경제신문은 12월 17일자 사설(社說)에서 지금 한국경제가 비상 상황이 아니라는 정 의장의 인식이 안이하다고 비판했다.

"국회를 제외한 모든 경제 주체들이 현 경제 상황을 1996년 외환위기 직전과 다름없는 비상사태로 규정하고 있다. 내년 상황은 더 암담하다. 미국 금리 인상, 중국 경기 침체, 저유가 쇼크에 이어 이제 중국 기업들이 우리 안방까지 넘보고 있다. 우리 경제가 이처럼 속수무책 지경이 된 것도 국회가 국회 선진화법을 빌미로 구조

개혁, 규제개혁, 경제 활성화법을 가로막고 정책을 실기(失機)하게 만든 때문 아닌가."

매일경제신문의 사설은 정 의장이 더 이상 국회 선진화법의 자구에 얽매여 국가 지도자로서 책무를 방기하지 말아야 한다고 주문하고 있다.

정 의장은 도대체 누구를 바라보고 있는가? 당신의 눈에는 국회의원만 보이고 국민들은 보이지 않는가? 묻지 않을 수 없다. 대다수 국민들의 생존권이 위협받고 있는 상황에서 선거구 획정안을 여야가 합의처리하지 못한 것만이 비상사태라는 것인가. 생존권 위협은 비상사태가 아니라는 것인가.

국민의 생존권은 그 무엇과도 바꿀 수 없는 최우선의 가치다. 정 의장은 정치가 무엇인가를 다시 생각하여야 한다.

정치의 최우선 과제는 국민들 먹고사는 문제

공자는 정치가 무엇인가라는 제자의 질문에 정치란 '식족연후(食足然後)에 예의염치(禮義廉恥)를 알게 하는 것'이라고 답했다. 이 답은 관자의 경우를 인용한 것으로 보이는데 정치의 요체를 가장 적절히 표현하고 있다. 사람은 의식주가 해결되지 않으면 예절과 의리, 청렴, 수치를 모르고 격렬히 투쟁하는 존재다.

그래서 예로부터 곳간에서 인심난다고 하지 않았던가. 먹을 것이 없는 상태에서 인간은 다른 사람을 배려할 수 없다는 것이다.

결국 정치란 국민들의 생존권 즉 먹고사는 문제를 해결하거나 해결의 조건을 마련하여 국민들이 편안히 살게 하는 것이 기본인 것이다.

정치의 최우선 과제는 국민들의 먹고사는 문제다. 정치를 하는 자는 국민들의 생존권, 즉 경제문제 해결에 최우선으로 나서야 하는 이유다. 이를 위해 우리 국민들은 자신들의 수입 상당 부분을 세금으로 국가에 내고 있다. 개인들이 개별적으로 해결하기 어려운 문제의 해결에 국가가 앞장서 나서달라는 것이다.

이것은 정부와 국회가 존재하는 이유이기도 하다. 이것을 위해 팔을 걷어붙이지 않는다면 그 존재 이유를 상실하는 것이다.

전 세계가 경제위기 해결에 한결 같이 나서고 있다. 이탈리아는 노동개혁법안을 통과시켜 경제위기 탈출의 실마리를 풀었다. 정부도 안간힘을 쓰고 있다. 경제 활성화와 일자리 창출의 선순환 구조를 만드는 것에 사활을 걸고 있다. 2차 산업의 일자리 창출효과가 한계에 다다른 현재 서비스산업은 많은 일자리를 창출을 기대하는 산업이다.

기업이 위기에 대응하자면 서로 경쟁력이 있는 기업끼리 인수합병을 통해 경쟁력을 가져야 한다. 이를 위해 기업의 인수합병을 원활히 하는 것은 기업 경쟁력을 제고하는 것이다. 대통령도 연일 경제 활성화를 위해 제출된 법안의 통과를 호소하고 있다.

그 뿐만이 아니다. 최근 프랑스에서 발생한 테러 사태에서 보듯이, 지금 세계는 IS 등 테러집단의 위협에 시달리고 있다. 대한민국도 예외는 아니다. 테러방지법은 테러의 효과적 방지를 위해 마련된 법이다. 그러나 대한민국 국회는 조용하다. 조용한 것이 아니라 사보타지를 하고 있다.

의료 민영화 우려는 사전에 확실히 제거했음에도 서비스산업발전기본법은 사실상 의료민영화를 위한 법이라고 반대하고, 기업활력 제고법은 재벌에 특혜를 준다고 반대하고, 노동개혁법안은 노동자들의 해고를 편하게 하는 악법이라고 반대하고, 테러방지법은 국정원의 권한을 강화하여 인권 유린의 우려가 있다고 반대하고 있다. 야당은 이를 근거로 법안의 심의조차 거부하고 있다.

아무 것도 하지 말자는 국회, 국회의장

더욱 가관인 것은 새로 등장한 이목희 더불어민주당 정책위의장은 기존의 협상을 뒤엎고 새로 협상하자고 우기고 있다. 사실상 아무 것도 하지 말자는 뜻이다.

물론 이런 경제 활성화 법안이 통과된다고 하더라도 곧바로 경제가 좋아질 것이라는 순진한 기대는 하지 않는다. 그러나 우리가 최선을 다하고 하늘의 뜻을 바라봐야 할 것 아닌가. 아무 것도 하지 않고 무작정 하늘만을 처다 볼 수는 없지 않는가.

지금 국회의 입법 마비 사태는 1997년 국가부도사태의 전야를 연상케 하고 있다. 지금은 경제 비상사태다. 그리고 이 비상사태에 국회의 입법기능이 마비된 상태, 즉 위기에 위기가 가중된 사태다.

지금 가장 중요한 것은 선제 대응이다. 국가의 경제문제는 한번 기회를 놓치면 그 몇 배의 노력을 기울여도 해결이 어렵다. 대한민국도 1997년 IMF 사태를 맞은 후 20년이 흐른 지금까지 그 후유증을 앓고 있다. 특히 서민들이 고스란히 그 피해를 봐야 했다.

위기에 처한 상황에서 지도자의 판단은 중요하다. 개인의 판단 미스 피해는 그 개인이 지면되지만, 국가지도자의 판단 미스는 그 피해를 국민 모두가 짊어져야 하기 때문이다. 지금이 태평천국인가? 이 경제난국에 팔장 끼고 앉아서 '여야 합의' 외치는 국회의장의 성(姓)이라도 갈아야 할 판이다. 성난 민심은 그렇게 생각한다.

'가치' 내걸고 경제 이슈 선점하라

-위기의 박근혜호(號) 대역전 PLAN

1. 열세 국면을 돌파하라

더불어민주당의 변신이 놀랍다. 김종인을 단독 선대위원장겸, 비상대책위원장으로 내세웠다. 더불어민주당을 바라보는 국민들의 불편한 정서를 돌파하고자 한다. 김종인 선대위원장은 취임 일성으로 더불어민주당의 운동권식 정치를 문제삼았다. 그리고 시집 강매 사건의 노영민 의원과 자신의 자식을 위해 법학대학원을 방문하여 위협한 신기남 의원을 다음 총선 출마가 불가능한 철퇴를 내렸다. 새누리당과 국민의당의 운동권 정치 청산론을 정면 돌파하겠다는 것이다.

호남의 추락하던 더불어민주당의 여론이 다시 상승세로 돌아섰다. 국민의당과 다시 치열한 접전을 벌이는 양상이다. 문재인 전 대표가 마지막으로 내건 김종인 선대위원장 카드가 위력적이라는 것을 확인한 셈이다. 사실 이번 총선은 새누리당이 쉽게 이길 수 있는 선거였다. 야당이 더불어민주당과 국민의당으로 분열되었고, 야당의 국정 발목잡기에 국민 모두가 속상해 있었기 때문이다. 무엇보다 어려운 국제 경제 여건에서 야당이 보여준 행태는 국민들의 심판을 자초할 것이기 때문이다. 작년 보궐선거와 재작년 지방선거는 이런 야당을 심판하였다. 대통령 임기 중 벌어지는 지방선거와 보궐선거는 여당의 무덤이라고 해도 과언이 아니었다. 그러나 야당의 국정 발목잡기에 실망한 유권자들이 연이어 야당을 심판한 것이다.

그러나 신년 벽두부터 김종인과 더불어민주당이 보인 운동권정치 극복하기는 성공을 거두고 있다. 오히려 더불어민주당과 국민의당이 집권당과 정부 심판론을 내세우고 있어 새누리당이 협공을 당하는 불리한 국면으로 전환되었다. 특히 수도권 선거는 역대로 새누리당이 항상 고전하는 선거였다. 만일 더불어민주당의 변신을 허용한다면 새누리당의 선전을 기대하기 어렵다.

문제는 새누리당이다. 특히 김무성 대표가 상향식 공천에 매달리고, 이를 두고 친박과 비박이 갈등하고 있어서 야당의 변신을 허용하고 있다. 따라서 새누리당은 김종인 선대위원장이 구성한 선거대책위에 친노 운동권이 다수 포진한 것을 두고 지속적인 공세를 벌여 친노와 김종인의 갈등을 불러와야 한다. 그러나 당내 이슈에 매몰되어 있어서 새누리당에 유리한 이슈를 놓치고 있는 것이다. 새누리당은 자신이 유리한 이슈를 가지고 싸워야 금년 총선과 내년 대선에 승리할 수 있다. 더불어민주당이 어려운 경제를 어떻게 살릴지 대안을 마련하고 있지 못하다. 그리고 사사건건 대통령의 국정 개혁에 발목을 잡고 있다. 대통령의 국정개혁을 통한 경제살리기를 뒷받침하자는 인식이 공감대를 이룬다면 새누리당이 승리할 것이다. 그러나 야당의 집권당 심판론이 국민들을 설득시킨다면 어려운 선거가 될 것이다. 새누리당의 총선 전략에 있어서 수정이 필요한 이유이다.

2. 과거 선거의 교훈—18대 대선의 경우

인간과 사회의 미래를 예측하려면 과거의 경우를 분석하는 것이 우선이다. 인간과 그 인간들로 구성된 사회는 실험할 수 없기 때문이다. 미국의 역사철학자 클레이 브린턴은 인간과 사회에 관한 지식을 '비누적적 지식'으로 표현했다. 자연과학의 경우처럼 실험할 수 없다는 의미다. 인간은 동일한 실수를 끊임없이 반복하는 존재라는 표현이기도 하다. 우리가 역사를 공부해야하는 이유는 우리들이 범하기 쉬운 실수 가운데 치명적 실수를 막아주기 때문이다.

18대 대선의 경우 박근혜 후보는 경선 탈락 후 5년의 시간이 있었다. 그 기간에 자신의 약점을 정의하고 이에 대해 대비했어야 했다. 그러나 이런 치밀한 대비의 흔적이 잘 보이지 않았다. 상대방 진영의 정수장학회 등 유신에 대한 공세는 충분히 예측 가능했다. 선거에 돌입하기 전에 이에 대해서 어떻게 대응할 것인지 충분히 대응책이 마련되었어야 했다. 그러나 새누리당 선거캠프는 당황하는 모습이 역력했다. 유신에 관하여 사과하자고 하는 의견이 대세였다. 만일 유신에 대해 사과했었더라면 매 건마다 사과해야 했을 것이다. 사과로 시작해서 사과로 끝나는 선거가 될 뻔했다. 상대방의 공세에서 빠져나오지 못했을 것이다.

당시 필자가 관여한 팀에서 실시한 여론조사의 경우 박근혜 후보의 유신전력이 대통령이 되는 결격사유가 아니라고 생각하는 유권자가 절대 다수였다. 오히려 역대 대통령 지지를 물은 직후 다시 대통령 지지도를 조사했더니 박근혜 후보만 처음 조사보다 2%정도 지지가 올랐다. 박정희 전 대통령을 연상시키는 이슈는 박근혜 후보에게 유리한 이슈였다. 따라서 유신문제는 무시하거나 오히려 편승하는 것이 좋은 전략이었다. 엉터리 전략이 선거를 망칠 뻔한 경우다.

박근혜 후보의 경우 대한민국 최초의 유력한 여성후보였다. 이는 선거에서 변화를 선점할 수 있는 좋은 기회였다. 역대 보수당 지지표는 남성 48%, 여성 52%로 구성되어왔다. 이는 지속적인 경향을 보였다. 그러나 박근혜 후보의 지지자들의 경우 여성지지자들이 그 이전 보수당 후보보다 월등히 많았다. 여성대통령에 대한 기대로 새로운 여성지지층이 형성된 것이다. 보수당에 있어서 새로운 지지층의 발굴은 매우 중요하다. 그만큼 어렵기 때문이다. 그러나 당시 새누리당 전략가들 중 상당수는 여자는 여자를 찍지 않는다는 그간의 통념에 빠져 여성대통령을 내세우기를 꺼려하고 있었다.

2012년 대선은 국제금융위기의 여파가 한국경제에 커다란 영향을 끼쳤던 시기였다. 이를 정의하고 이에 대해 돌파할 전략이 급선무였다. 당시 유권자들은 경제위기가 집권여당의 책임이 아니라 국제금융위기의 여파라고 생각했다. 유권자들은 경제위기에 적합한 지도자로 박근혜 후보를 우선 꼽았다. 보수당 후보라는 이점과 새누리당의 위기를 구출한 경험을 높이 샀던 것이다. 결국 '위기에 강한 여성지도자'라는 슬로건이 채택되었다. 박근혜 후보는 어느 정도 안정감을 찾아갈 수 있었다. 18대 대선은 경제위기가 선거를 규정했다. 위기에 누가 적합한 후보인가가 유권자들의 선택의 기준이었다.

18대 대선에서 복지문제가 최대의 쟁점 중 하나였다. 그러나 우리 조사의 경우 유권자들의 70% 이상이 복지보다 경제성장이 중요하다고 답하였다. 만일 이 조사결과를 전략으로 채택했더라면 복지공약을 남발하지 않아도 선거는 이겼을 것이라는 것이 필자의 생각이다. 그러나 아마추어 전략가들은 복지공약이 중요하다고 주장했고 새누리당은 이를 채택해 집권기간 내내 그 부담에서 자유롭지 못하게 되었다. 지금 겪고 있는 박근혜 대통령의 지지율 정체는 복지재원을 마련하기 어렵다는 것에 기인한 것을 감안하면 스스로 어려움을 자초한 측면이 있다.

문재인 후보의 실패는 세계적인 경제위기 상황에서 유권자들에게 신뢰감을 주지 못했다. 오히려 총선 당시 통합진보당과의 선거연합과 그로인한 과격한 정책이 유권자들에게 불안감을 조성했다. 문재인 후보는 이 유권자들이 느끼는 불안감을 해소하는 대안을 제시하지 못했다. 선거기간 내내 단일화에 매달리면서 오히려 자신의 장점을 부각하는 데 실패한 것이다.

3. 선거는 과학이다

우리는 좌파집권 10년을 경험했다. 보수의 핵심가치가 하나하나 파괴되는 경험을 했다. 정권은 그만큼 중요한 것이다. 그러나 현재의 선거풍토는 그 중요성에 비하여 연구를 게을리 한다. 대한민국 헌법체제에서 집권를 하고 의미 있는 일을 하기 위해서는 선거를 승리하는 길 이외에는 없다. 이토록 중요한 선거를 연구하지 않고 일부 비전문가들의 감에 의지하는 것은 이해하기 어렵다. 특히 정책전문가나 교수들이 선거전문가는 아니다. 대한민국 선거는 이들이 중심이 되어 선거를 치르고 있다. 물론 정책전문가들이 해당 분야에서 정책전문가라는 사실을 부인하지는 않는다. 그러나 이들이 선거를 안다는 것은 다른 문제다. 선거란 선거를 전문으로 하는 전문가들에 의해서 치러져야 하는 것이다. 그래야 승리의 가능성이 높아지는 것이다. 19대 대선에 대한 선거연구는 지금도 늦었다.

선거운동은 포지티브캠페인과 네거티브캠페인으로 구성되어 있다.

미국의 선거전략가 스콧 리드(Scott Reed)는 "선거운동이란 유권자들을 교육시키는 것이다. 나의 후보는 누구인가. 그의 원칙은 무엇인가. 그리고 그의 목표와 비전은 무엇인가를 효과적으로 유권자들에게 알리는 것이다"라고 정의했다. 이는 포지티브캠페인이다.

한편, 선거운동은 다른 면으로 유권자들을 교육시키는 것이다. 나의 후보의 반대파는 누구인가. 그의 원칙은 무엇인가. 그의 원칙은 무엇이 잘못되었는가. 그의 목표대로 가면 나라가 망한다는 사실을 유권자들에게 알리는 것이다. 이것은 네거티브캠페인이다. 네거티브캠페인이란 상대방을 부정적으로 정의하여 유권자들을 상대방으로 가지 못하게 하는 활동이다.

선거과정은 포지티브캠페인과 네거티브캠페인이 조화를 이루며 '공포감 불러일으키기'와 '희망 심어주기'라는 과정을 통하여 유권자들이 나의 반대편으로 가는 것을 막고 또 나를 투표해야할 이유를 제공하여 끌어들이는 것이다.

선거운동이란 나를 지지하는 유권자들에게 지지의 이유와 근거를 주는 것이고, 상대방 지지자에게는 기권을 유도하는 것이다.

통상 선건운동은 포지티브 캠페인을 먼저 시작하고, 본격적인 선거운동이 진행되는 시점에서는 네거티브 캠페인이 주를 이룬다. 통상 경선과정에서는 지지자 결집을 위하여 우로 이동하고, 본선에서는 중도층 설득을 위하여 가운데로 이동한다.

그러나 자칫 무분별한 중도로의 이동이 나의 지지자들의 결집도를 떨어뜨릴 가능성이 있다. 딕 모리스(Dick Morris)도 실패한 선거운동의 경우를 중도에 표가 있다고 자신의 지지자를 설득하지 못한 채 중도로 서둘러 이동한 경우이며, 반면 성공적인 캠페인은 자신들의 지지자들을 최대한 설득하여 중도로 이동한 경우라고 말하고 있다. 이와 관련하여 미국의 인지언어학자인 조지 레이코프(George Lakoff)는 최근 그의 저서에서 "정치에 '중간층'이나 '중도'는 없다. 실제로는 '이중개념주의자'가 존재할 뿐이다. 정치적으로는 보수적이지만 사업할 땐 진보적인 식으로, 삶의 어떤 부분은 보수적이고 또 다른 면은 진보적인 사람들이 선거에서 '스윙보우터(Swing Voter)'로서 나타난다는 것이다.

한국에서 '스윙보우터'들은 누구인가. 한 가지 가설은 386세대들이 이제 거의 40대 중반에서 50대에 접어들었다. 사회적으로 안정을 구가하는 세대이다. 학창시절에는 진보의 세례를 받았고 현실세계에서는 보수의 세례를 받은 그들이다. 이들이 어떤 쟁점에서는 보수적이고, 또 다른 면에서는 진보적인 성향을 보인다고 가정할 수 있다. 한국의 '스윙보우터'들의 상당수는 이들이 아닌가 생각한다. 조지 레이코프는 이들을 끌어들이기 위해 '오른쪽으로' 또는 '왼

쪽'으로 움직이는 것은 실수라고 주장한다. 자신의 정체성을 포기하고 경쟁상대를 향해 이동하는 것은 상대방의 가치를 옹호해주는 결과를 초래한다는 것이다.

'중도층' 또는 '스윙보우터'를 공략하기 위한 방법에는 여러 가지 전략이 있다. 딕 모리스처럼 진보도 보수도 문제제기하기 어려운 제3의 생활적인 이슈를 제기하고 이를 가지고 타깃층을 공략하는 방법이 있다. 딕 모리스는 이를 '트라이앵글 전략'이라고 불렀다. 반면 공화당 전략가인 칼 로브(Karl Rove)는 보수의 가치를 강화하고 이를 통해서 보수주의자 중 선거에 무관심하거나 투표에 참여하지 않는 유권자들을 선거에 끌어들이는 전략을 구사했다. 무엇이 적절한가는 당시 상황과 피아간에 형성된 관계에서 판단해야 할 문제이다. 그러나 어떤 경우에도 중요한 원칙은 자신의 가치를 지키는 것이 선거운동의 출발점이라는 사실이다. 선거운동의 기본은 자신의 지지자를 설득해서 자신의 주위에 결집시키는 것에서부터 시작한다. 이것에 성공하지 못하면 그 선거는 실패한 선거가 될 것이다.

우리 정치 상황에서 중도층의 규모는 어느 정도일까.

이영작(李英作) 박사는 그의 저서에서 "나는 95년 9월 보고서에서 DJ가 최선을 다한다면 대략 40%의 지지를 얻어낼 것으로 예측하였다. 그리고 절대로 DJ를 지지하지 않을 40%와 나머지 20%는 14대 대통령 선거에서 정주영, 박찬종 후보를 지지했던 중간집단의 유권자들로 나뉘어 진다. 중요한 것은 이 20%가 당시 야당보다는 여당에 가까운 유권자 군으로서 DJ지지로 돌아설 가능성이 거의 없다는 점이다. 따라서 이인제가 이 20%를 차지하느냐의 여부야 말로 DJ승리의 관건이었던 것이다"라고 부동층의 존재에 대해서 언급하고 있다.

진영재는 〈부동층 유권자자의 행태분석〉이라는 논문에서 "부동층은 크게 두 가지 형태로 정의된다. 첫 번째 형태는 투표의 결심 시기와 관련된 것으로 후보자 선호도를 결정하지 못한 경우를 말한다. 두 번째 형태는 한 정당(또는 후보자)으로부터 다른 정당(또는 후보자)으로 선호를 바꾸는 경우를 의미한다. 정당충성도나 정당일체감이 없는 무당파가 바로 부동층의 대부분을 형성한다"로 설명하고 있다.

그는 부동층분석을 위한 모델들에서 "1992년 대선에서 정주영 후보(13.4%), 1997년 대선에서 이인제 후보(15.4%)가 얻은 득표로 기존 정당에 만족하지 못하는 유권자들의 상당수가 선거 직전 부동층에 머물러 있었다면 정주영 후보나 이인제 후보의 표는 부동층의 대체적인 크기를 반영한다는 의미이다. 이 두 가지 선거를 중심으로 본다면 한국에서 제3후보는 대략 기권자를 제외하는 경우는 15% 정도, 기권자를 포함하는 경우는 20% 미만에서 형성되었음을 알 수 있다"고 설명하고 있다. 그는 또 유권자가 젊을수록, 보수성향을 가질수록, 선거경합이 치열할수록 늦게 후보를 경정하는 경향이 있다고 말하고 있다.

이영작의 분석과 진영재의 분석은 서로 일치한다. 문제는 그들이 누구냐 하는 것이다. 이는 이영작이 분석한 것과 필자는 의견을 같이한다. '부동층'은 재벌인 정주영을 지지하고 보수성향의 이인제를 지지했다. 특히 당시 이인제는 박정희의 이미지를 모방했었다. 그후 부동층은 2002년의 정몽준, 2012년 안철수에 이르고 있다. 이들을 진보로 볼 근거는 없다. 그렇다고 적극적인 보수 지지로 보기도 어렵다. 이들을 파악하고 이들을 자신의 지지로 끌어들이는 것이 선거의 핵심이라는 것이 필자의 생각이다. 특히 박빙의 수도권 선거와 대통령 선거에서는 더욱 중요하다.

선거에서 전략은 매우 중요하다.

이 전략을 세우기 위한 조사는 더 말할 필요도 없다. 가장 나쁜 선거운동은 전략이 없는 것이고, 그 다음 나쁜 것은 전략이 왔다 갔다 하는 것이다. 물론 최선의 전략이 가장 중요하지만, 그만큼 중요한 것은 전략의 일관성을 유지하는 것이라고 할 것이다. 일관성 있는 전략과 반복된 메시지만이 유권자들을 설득하는 것이다.

선거전략이란 무엇인가. 선거전략이란 '정의하기'이다. 이번 선거를 정의하고, 나를 정의하고, 상대방을 정의하는 것이다. 나를 스스로 정의하는 것은 매우 중요하다. 나를 내가 정의하지 않으면 상대방이 나를 정의한다. 그렇게 되면 나는 상대방의 정의에 갇혀 빠져나오기 어렵게 된다. 선거에서 상대방의 규정에서 빠져나오지 못해 실패한 사례는 너무도 많다.

내가 누구이고 어떤 원칙을 지니고 어떤 정책을 지녔는지를 먼저 정의해야 한다. DJ는 97년 대선에 나서기 위해서 자신을 경제 전문가라고 정의했다. 이 정의를 초장기 후보 자신과 많은 지지자들이 반신반의했다. 그러나 지속적으로 진행됨으로서 97년 대선에 이르러 모두 DJ을 경제전문가로 인식하기 시작했다. 나를 포지티브하게 정의하는 것이 먼저이고, 그 다음 반대로 상대방을 정의하는 것이다.

　조셉 나폴리탄(Joseph Napolitan)은 한 장짜리 선거전략서가 없으면 선거 전략이 없는 것이라고 하였다. 선거전략은 간단하여야 한다. 선거전략은 너무도 당연하여 상대방이 이 전략을 알고서도 대응책을 마련하기 어려워야 한다. 선거전략이 세워지면 후보부터 시작하여 전 캠프가 이를 알고 전략에 따라야한다.

　선거전략은 메시지가 핵심이다. 이 메시지는 이번 선거를 정의하고, 나와 상대방을 정의하는 것이어야 한다. (예: 위기의 대한민국 경제 살리기, 위기극복의 경험이 있는 나, 위기에 무능하여 대한민국을 수렁으로 빠지게 할 상대후보 등) 통상 선거는 한두 가지 이슈를 가지고 선거를 치르게 된다.

　최근 신경과학과 인지과학의 연구에 따르면 우리 뇌 속의 신경체계는 상호 억제를 위해, 모순적인 가치체계가 서로 다른 맥락에서 사용되도록 설정되어 있다. 이 체계에서는 한 가치가 활성화되면 다는 한 가치는 억제된다. 레이코프의 프레임이론을 지지하는 연구결과들이다. 레이코프의 주장은 현재에도 강력한 시사점을 지니고 있다.

4. 보수 재집권을 위한 검토-가치에 주목하라

보수 재집권을 위해서 어떤 점에 유의해야 할 것인가. 선거는 이슈보다 가치 중심으로 이끌어야 선거에서의 승리를 가져올 수 있다. 가치 중심의 선거가 유권자들의 공감과 감동을 이끈다는 것이다. 유권자들은 책임과 공평함, 자유와 정의 등 윤리적 개념이나 감정이입이 가능한 논쟁에 움직인다는 것이다. 오바마는 지난 대선에서 흑인이라는 자신의 핸디캡을 '기회의 땅 미국'이라는 가치로 설명함으로써 유권자들의 감동을 이끌어내었다.

레이건은 '레이건 민주당원'이라는 신조어를 만들어 내었다. 민주당원이면서 레이건을 지지하는 사람들을 일컫는 말이다. 구체적인 정책에는 다른 의견을 보이면서도 레이건을 지지하고 싶어 하는 사람들이었다. 당시만 해도 유권자들은 후보의 정책을 보고 지지를 결정한다는 것이 상식이었다. 그러나 '레이건 민주당원'들은 달랐다. 이 비결이 무엇일까. 바로 '가치'였다. 레이건은 구체적인 정책이 아니라 가치를 전달했다. 게다가 그 모습이 진실해 보였다. 유권자들 비위를 맞추려고 마음에도 없는 얘기를 늘어놓는 것이 아니라 레이건 자신이 굳게 믿는 바를 설명하는 듯한 태도였다. 사람들은 레이건을 신뢰할 수 있는 지도자라고 느꼈다. 가치와 인간적 유대, 진정성, 신뢰, 이런 것들이 있었기 때문에 미국인들은 의견이 좀 달라도 레이건을 지지했던 것이다.

레이건은 1970년대 미국의 비관적 전망과 대담하게 부딪쳐 나갔다. 그는 선거를 미국의 잠재력과 장래에 대한 국민투표 형태로 몰아간 것이다. 그는 80년 공화당 전당대회 연설에서 "사람들은 미국이 전성시대를 누려왔고 이제 우리나라가 절정기를 지났다고 말한다"고 지적했다. 그러나 그는 "이 위대한 국가가 시원찮은 지도력 때문에 위기의 연속으로 국가의 의지와 목표가 좀먹으면서 자멸해가는 과정을 그대로 좌시하지 않겠다"고 언명했다. 레이건은 낙관주의적인 태도로 국민들의 애국심이라는 가치에 호소했다. 이러한 레이건의 전략은 성공을 거두었다.

보수 재집권을 위해서 후보는 유권자들과 가치를 공유하고 그들이 소중히 여기는 가치를 실현시킬 지도자로 이동해야 한다. 가령 '경제성장'을 말하는 경우 현재 새누리당은 성장이 일자리를 만든다고 설명하고 있다. 이는 매우 위력적인 메시시이다. 이 메시지가 이제껏 보수당의 지지 기반을 만들었다. 그러나 지금 그 메시지는 지속적으로 공격을 당하고 있다. 성장의 과실이 소수의 재벌과 가진 사람들에게만 귀속된다는 것이다. 최근 더불어민주당은 '소득중심 성장전략'을 제기하고 있다. 경제성장을 보수당의 전유물로 그대로 두어서는 선거에서 승리가 어렵다고 판단한 것이다. 성장의 과실이 서민들에게 귀속되는 성장을 말하고 있는 것이다.

필자의 제언은 경제성장의 문제를 가족에 대한 가치문제로 접근하라는 것이다. 내가 왜 경제를 살리고자 합니까. 성장이 둔화되면 가장이 거리로 내몰리고, 가족이 해체됩니다. 우리의 자녀들은 거리를 방황하게 됩니다. 경제성장은 내 가족을 지키는 일이며, 내 아이를 지키는 일입니다. 이러한 접근법이 가치적 접근법이다.

유능한 지도자는 이성적으로 인정하는데 그친다. 더 나은 능력을 가졌다고 인정되는 후보가 출현하면 흔들린다. 후보와 개별 유권자 간의 연관되는 끈이 없기 때문이다. 유권자들의 감성을 자극하지 못하기 때문이다. 그러나 나와 같은 가치를 공유하는 지도자는 유권자들의 감성을 자극하고 지속적인 지지를 가능하게 한다. 그 후보자를 통하여 자신이 추구하는 가치를 달성하는데 도움을 받고, 자신이 원하는 욕구를 만족시켜 준다고 믿기 때문이다.

정치학에서 '가치'란 가장 심층적인 가치관으로서 이는 한 개인이 이 세상을 바라보고 이해하는 기본적인 시각을 의미한다. 가치는 태도에 영향을 주고, 가치와 태도에 영향을 받아 구체적인 신념이나 의견이 형성된다고 하고 있다. 대중의 가치체계를 이해하면 그들의 정치적 태도 및 구체적인 이슈에 대한 신념이나 의견을 쉽게 이해할 수 있다.

로널드 잉글하트(Ronald Inglehart)는 "어린 시절에 경험하는 무의식적 사회화가 가치형성에 가장 중요한 것이다"라고 말하고 있다.

이런 가치는 이념에 비해 인지적 요소 보다는 감정적 요소가 강하며 쉽게 변하지 않는 속성이 있다고 정치학에서는 말하고 있다.

역대선거는 경제가 좌우했다.

92년 YS는 신한국창조를 통해 강한경제를 약속했다. 그는 유능한 인재를 등용하여 경제를 일으키겠다고 했다. 97년 DJ는 IMF를 맞은 우리 국민들에게 준비된 후보로서 위기의 경제를 일으키겠다고 약속했다. 2002년 노무현은 서민출신으로 서민경제를 이야기해서 승리했다. 2007년 MB는 성공한 경제인으로서의 경험을 가지고 경제를 살리겠다고 공약했다. 18대 대선에서 박근혜 후보는 위기에 강한 경제지도자라는 메시지로 승리했다. 결국 역대의 대선은 경제의 이슈를 성공적으로 선점한 후보가 승리한 것이다. 이러한 공식은 이번 선거에도 마찬가지일 것이다.

경제적 위기에 신음하고 있는 국민들의 아픔을 이해하고 이들에게 경제성장과 희망을 전달하는 후보가 승리할 것이다. 경제를 자신의 프레임으로 규정하고, 국민들과 가치를 공유하는 후보와 당이 보수 재집권의 기회를 만들 것이다.

생활협동조합의 정체와 사회적경제기본법
―생활협동조합(생협)의 정체

· 사회적경제기본법은 정부 예산으로
  좌파 성향의 활동가 육성하겠다는 뜻
· 좌파 영역의 진지 구축을 위해 시작된 생협,
  광우병·세월호 등 발생 때마다 '태풍의 눈' 역할

'사회적경제기본법'은 유승민 의원이 대표 발의하고 새누리당 소속 의원 총 67명이 공동 발의했다. 야당에서는 신계륜 의원이 '사회적경제지원법'을 대표 발의했으니, 그대로 두면 조만간 이 법안에 대한 여야(與野)의 합의가 이뤄질 것이다.

이 법안에 따르면 '사회적 경제'는 사회적 가치를 추구하는 모든 경제적 활동을 의미한다고 규정하고 있다. '사회적 경제조직'은 사회적 기업, 협동조합, 마을기업, 자활기업, 농어촌 공동체 회사 등을 말한다. 이 법의 목적을 한 마디로 요약하면 사회적 기업, 협동조합, 마을기업, 자활기업, 농어촌 공동체회사 등을 본격 지원하는 시스템을 국가적으로 구축하고, 정부 예산을 투입하여 이들을 육성 지원하겠다는 뜻이다.

유승민 의원을 비롯한 여야 의원들의 '사회적경제기본법'안이 시행되면 이 법을 통해 지원하려는 대상 중 가장 큰 집단이 소비자생활협동조합(이하 생협)이다. 그런데 생협의 구성원 중 다수는 이데올로기적으로 건강하고 평범한 사람들이지만, 상당수 좌파 성향의 활동가들이 주축을 이루고 있는 것이 현실이다. 이런 이유 때문에 자칫 잘못하면 정부 예산을 투입하여 좌파 성향의 활동가를 육성할 우려가 제기되고 있다.

일반인들은 잘 모르지만 생협은 이명박 정부 시절 한국 사회를 무섭게 뒤흔든 광우병 시위의 주력이었다. 이들은 현재도 각종 사안이 발생할 때마다 반(反)정부 목소리를 거칠게 내고 있다. 생협을 통해 대중적 기반을 탄탄하게 다진 이들이 사회적경제기본법을 통해 정부의 체계적인 지원을 얻는다면 이들의 활동에 날개를 달게 될 것이다.

우리나라에서 소비자생활협동조합(이하 생협)은 유기농산물 직거래운동과 함께 시작되었다. 1987년 이후에는 도시지역에 유기농산물 직거래를 담당하는 생협이 등장하고 여성단체, 종교단체, 시민

운동단체 등이 설립주체가 되어 유기농산물 유통을 중점사업으로
펼쳤다.

생활협동조합의 실체

생협의 직거래 사업은 정농회, 한국유농업협회, 한국자연농업협
회 등 유기농업 생산자단체 회원과, 농민운동에서 시작된 한살림,
여성운동단체인 한국여성민우회 생협, 노동운동에서 지역운동으
로 전환한 활동가들의 지역 생협 등 다양한 운동 주체들에 의해 추
진되었다. 이들 단체들은 유기농산물 직거래를 도시와 농촌을 잇는
생명운동으로 규정했다.

국내에서 유기농산물 직거래를 중심사업으로 삼은 생협이 출현
한 것은 1986년 한살림의 창립이다. 한살림 이전의 직거래운동은
주로 농산물을 생산자로부터 저렴하게 구매하는 것이 주 목적이
었다.

한살림과 같은 생협이 출현하게 된 배경은 농산물 시장 개방이
다. 1980년대 후반부터 수입농산물 개방이 본격화되면서 식품 안
전에 대한 소비자들의 관심이 높아졌다. 한살림 등 농민운동단체들
은 소비자들의 외국 농산물에 대한 경계심을 농민운동 발전의 계기
로 인식했다. '우리밀 살리기 운동' 등이 이들의 대표적인 실천 활
동이었다.

1980년대 후반 출현한 생협은 네 가지로 유형화할 수 있다. 처음에 출현한 생협은 1960년대 종교단체 관계자들에 의해 창립된 신협에 의해 전개해 온 영세농어민 소득증대사업으로 시행해오던 직거래운동의 일환으로 농촌과 도시의 신협 사이의 직거래 운동으로 탄생했다.

두 번째 유형은 1986년 원주를 기반으로 활동해오던 농민운동가들이 '가톨릭 농민회'를 기반으로 한살림을 창립했다. 이들은 도시에 매장을 개설하여 소비자를 조직하기 시작했다.

세 번째 유형은 1987년 민주화운동 이후 YMCA, 천주교, 불교 등 종교단체, 여성민우회 등 시민단체의 활동을 모태로 설립된 단체생협이다.

네 번째 유형은 노동운동, 학생운동을 거친 활동가들이 중심이 되어 설립한 지역생협이다.

생협의 전국조직은 1980년대부터 나타났다. 1983년 신협의 경제사업의 일환으로 직거래운동을 전개해온 도시지역 소협 및 농촌지역의 소협(52개 소협) 등 약 76개 단협이 전국소비자협동조합중앙회(1990년 생협중앙회, 2002년 전국생협연합회로 변경)를 조직했다. 이 당시 소비조합의 절대 다수가 한국노총 소속이었다. 그런 까닭에 전국소비자협동조합중앙회에 대한 참여 열기는 높지 않았다.

한국노총의 참여 부족으로 운영비 조달이 어려워진 '전국소비자협동조합중앙회'가 경비 조달을 위해 저가 판매장을 도시 지역에

개설하자 인근 중소상인의 반발을 초래했다. 이 과정에서 중소상공인 연합회인 '슈퍼마켓연합회'가 결성되었으며, 1999년 제정된 '생협법'에서 생협 판매장의 고객을 조합원에 한정하고, 공산품 취급을 제한하는 규정이 삽입되었다. 이후 '생협법'은 2008년 법 개정을 통해 학생용품 사업을 허용했고, 2010년에는 모든 생필품 취급과 연합회의 공제사업을 허용하여 발전의 전기를 마련했다.

한편 '전국소비자협동조합중앙회'는 '우리밀 살리기운동' 과정에서 나타난 물류 효율화 문제를 해결하지 못했고, 운동 노선을 두고 '생협 수도권연합(현 두레)'과 '경인지역 생협연대(21세기생협연합→한국생협연합회→아이쿱·icoop)'로 양분되었다. 생협연대는 소규모 지역생협들이 중심이 되어 '서민도 이용할 수 있는 유기농산물과 안전한 먹을거리 공급'을 물품과 물류사업의 핵심으로 삼고, '어머니의 눈으로 조합원이 선정한 품목'을 내걸어 생산자와 소비자 쌍방에 유리한 친환경농산물 유통 시스템을 모색했다.

생협연대는 물류의 효율화를 통해 저렴하게 친환경농산물을 구입할 수 있도록 하는 한편, 조합원이 단협의 운영비를 부담하는 '조합비제도'를 도입하여 운영비 부족을 해소했다. 생협연대는 단협과 연합체가 일을 분담하여 단협은 생협운동의 조직운동에, 연합체는 물류사업에 집중하도록 함으로써 발전의 계기를 마련했다.

1999년 '생협법'이 통과되어 우리나라 생협은 비로소 협동조합이라는 법적인 근거가 마련되었다. 그전까지 비공식 단체였던 생협이 사회적으로 인정받게 된 것이다. 이 시기 생협은 협동조합이라는 법적인 근거를 마련함으로써 대외적인 신용을 얻게 되어 소비자단체로 성장할 수 있는 기반이 생겼다.

생협의 현황

2000년 이후에는 생협의 사회운동 기능과 유통기능 간의 역할 분담이 이뤄져 생협이 본격 성장하게 된다. 지역생협은 유통 부담이 없어짐으로써 즉, 조합원들이 연합에 직접 물품을 주문하고 구매함으로써 지역운동과 조합원 모집에 전념하게 되어 비용을 절감하고 조합원이 급속히 증가하는 계기가 되었다.

생협이 2000년 이후 급성장한 계기는 소위 '광우병 파동'이었다. 2000년 이후 매년 두 자리 수 이상 성장하던 생협은 2008년 들어 무려 2000%에 이르는 폭발적인 성장을 했다. 먹거리 걱정이 늘면서 생협 같은 직거래 모임을 찾는 이들이 부쩍 늘었기 때문이다. 광우병 파동 이후 산지가 분명한 생협을 통해 축산물을 구입하려는 사람들이 크게 늘다 보니 회원 수도 덩달아 폭증했다.

2012년 현재 생협연합회는 한살림, 아이쿱(구 21세기생협연대), 여성민우회생협, 두레(구 수도권사업연합), 한국대학생협, 한국의료생협 등 6개가 있다. 2012년을 기준으로 인가된 지역생협은 480개(의료분야 298, 유통분야 182)가 있으며 조합원은 총 63만 명, 총 공급액은 약 65억 원(2010년말 기준)에 이른다. 이중 아이쿱생협이 규모가 가장 크며 회원생협은 75개, 조합원은 17만 명, 총 공급액은 3500억 원으로 빠르게 성장하고 있다.

우리나라 생협은 대부분 진보 좌파적 운동에서 기원하고 있고, 이 운동을 주도하는 사람들도 좌익노동운동과 지역운동, 학생운동가 출신들이 주축이 되고 있다는 점에서 태생적으로 좌파적, 진보적 성향을 띨 수밖에 없다.

1) 아이쿱(iCOOP)

아이쿱은 2012년 현재 회원생협은 75개, 조합원 17만 명, 총공급액은 3500억 원, 조합원 출자금은 약 469억 원이다. 조합원 수는 2006년 2만 명에서 2012년 17만 명으로 연평균 53.4% 증가했다. 총공급액은 2006년 760억 원에서 2012년 3449억 원으로 연평균 35.3% 증가했다.

회원생협은 전국적으로 '자연드림'이라는 브랜드로 자체 매장 129개를 보유하고 있으며, 연합회는 7개 물류센터와 10개 배송센터를 운영하고 전남 구례와 충북 괴산에 자체 농식품산업단지인 자연드림파크를 건립 중이다. 상품은 2909명의 생산자 회원과 출자금 또는 별도의 모금활동 등을 통해 설립한 11개의 농업회사법인으로부터 조달하고 있다.

아이쿱의 사회운동 기능은 회원생협이, 유통기능은 연합회가 담당하고 있다. 지역생협은 진보적 의제를 발굴(무상급식, 유전자변형식품 금지, 식생활 교육 등)하고, 교육과 지역운동단체들과 연계하여 조합원을 지역활동가로 육성한다는 계획을 수립하여 활동 중이다.

2) 한살림

원주지역을 기반으로 하는 농민운동가들이 주축이 되어 유기농산물 직거래운동을 통해 시작되었다. 2012년 현재 회원생협은 21개, 조합원수는 약 35만 명, 총공급액은 2534억 원, 2012년 기준 출자총액은 약 342억 원이다.

조합원수는 2006년 13만3000명에서 2012년 34만6000명으로 연평균 21.2%, 공급액은 2006년 935억 원에서 2012년 2534억 원으로 연평균 22.1% 증가했다. 한살림은 전국 161개소의 판매장을 운영하고 있으며, 연합회는 경기 오포에 물류센터를 보유 운영하고 있으며, 추가로 안성에 물류센터 건립을 준비 중이다.

태생적으로 좌편향적 성향

생협은 건전한 일반인들이 주를 이루고 있지만 태생은 좌파적, 진보적 운동과 활동가에 기원하고 있다. 따라서 활동도 좌편향적 성향을 띨 수밖에 없다. 가장 큰 규모인 아이쿱은 노동운동에서 지역운동으로 전환한 활동가와 학생운동 출신의 활동가들이 주축이 되어 만들어진 단체다.

한살림은 농민운동가들이 주축이 되어 만든 단체다. 여성운동단체가 주축이 되어 만든 여성민우회생협까지 합치면 의료와 대학교 내부의 대학생협을 제외하면 전체 4개 연합단체 가운데 3곳이 진보적 혹은 좌편향적 성향의 활동가들이 만든 생협이다.

이들은 시작부터 좌파 영역의 진지를 구축한다는 개념으로 시작된 지역운동이었다. 따라서 2000년 이후 특히 광우병 파동 때 적극적으로 시위에 참여했다. 한 잡지의 촛불집회에 대한 다음과 같은 분석글에서 그 실태를 엿볼 수 있다.

"촛불집회의 동력은 다름 아닌 온라인 커뮤니티였다. 다음 아고라를 비롯한 온라인 토론장과 커뮤니티, 유모차 부대와 무적의 김밥부대를 가능케 한 수많은 온라인 커뮤니티들, 한살림을 비롯한 수많은 생협 조합원들이 갑자기 한국 민주주의운동의 핵심으로 등장했다."(녹색평론, 2008년 7~8월 통권 101호, 박승옥, '촛불, 민주주의, 석유 문명')

이들의 활동영역은 광우병뿐만이 아니다. 밀양 송전탑 시위, 진보교육감 단일화, 세월호 사건 등 각종 계기마다 시위의 선봉에 서고 있다.

사회적경제기본법의 사회적 파장

임헌조 한국협동조합연대 이사는 뉴시스와의 인터뷰(2013년 3월 25일)에서 "시장경제 대안은 협동조합"이라면서 이렇게 말했다.

"누가, 어떤 생각을 가지고 하느냐에 따라 협동조합도 그 내용과 영향력이 달라진다. 세계화에 반대하고 반(反)시장적인 이념을 갖고 있는 사람들이 협동조합을 만들고 운영하면 그런 방향으로 생각들이 퍼질 것이고, 반면에 세계화를 받아들이고 친(親)시장적인 사람들이 협동조합을 이끌면 시장과 조응하는 '제3섹터'로서의 순기능적인 협동조합 운동이 펼쳐질 것이다."

김원표 여의도연구원 연구위원은 여연정책보고서에서 "자유시장경제를 비판적으로 인식하는 진보성향 단체들이 사회적 경제에 관한 논의를 주도하고, 서울시를 비롯한 협동조합의 교육 및 설립 지원 과정에 깊이 관여하고 있는 점이 문제"라면서 이들이 사회적 경제법을 통해 "협동조합이 편향된 인식을 확산하고, 운동 조직의 자금줄과 네트워크 형성을 위한 운동기지화 하는 것이 아닌가 하는 우려의 목소리가 제기된다"고 지적했다.

아이쿱생협의 신철영은 프레시안과의 인터뷰(2013년 12월 24일)에서 노동운동에서 지역운동으로 전환을 모색하는 과정에서 생협 운동이 시작되었다고 말했다. 이어 그는 사회경제적기본법에 대해 다음과 같이 말했다.

"기본법이 지금보다 더 정비되면 특별법에 의한 기존의 협동조합들은 도전을 받게 될 것이다. 예를 들어 농촌에 있는 작목반들이

기본법에 의한 협동조합으로 전환되면 농협에 강력한 도전세력이 될 것이다. 시간이 지날수록 농협이 스스로 개혁하지 않으면 견딜 수 없는 압박으로 작용할 것이다."

신철영은 "협동조합 기본법 제정을 추진한 사람들도 이 법이 우리 사회에 얼마나 많은 변화를 가져올지 잘 모르고 있었다"고 말했다. 실제로 협동조합 기본법이 제정된 이래 1년 동안 3000여개의 협동조합이 생겼다.

사회적경제기본법은 협동조합 육성을 위해 이들 단체의 지원을 제도화하고, 이들 조직에게 공공기관에서 우선 구매, 의무구매 등 특혜를 주도록 규정하고 있다. 문제는 이런 특혜의 대상이 되는 조직에 보수성향 단체와 생협은 전무하다는 것이다. 정부 예산과 지원으로 진보 성향의 활동가를 교육하고 양성하는 결과를 가져올 것이 명약관화(明若觀火)하다.

이들이 앞으로 금융사업에 진출할 경우 조직과 돈을 모두 가진 실질적 근거지로서 작동할 것이다. 현재 아이쿱의 조합원은 20만 명이다. 아이쿱은 이들 조합원을 활동가로 육성할 계획을 세우고 교육을 통해 이를 실현하고자 한다. 20만 활동가 조직이 모두 반정부, 반시장으로 나설 경우 그 결과는 어떻게 될까?

과거 광우병 사태를 주동한 진보이념 집단들이 이 법에 의해 향후 상향식으로 구성된 전국 단위의 사회적경제조직협의회의 주도세력으로 대두될 것이 확실하다. 또 현재의 역량 분포상 진보세력이 중앙 및 시도 사회적경제위원회, 정부기관인 사회적경제원 및 권역별 통합센터에 다수 포진하는 것을 막지 못할 것이다. 이렇게 되면 정부가 나서서 진보세력의 사회적경제 전국네트워크를 강화하는 꼴이 된다.

80년대 학생운동이 학생회를 장악하고 대중화되면서 대학 사회는 20여 년간 이들에 의해 장악됐다. 그 결과는 오늘 우리 사회의 좌회전이었다. 만약 사회적경제기본법이 시행되어 이 법의 혜택을 받은 수많은 생협과 협동조합을 통해 수많은 조직원들이 양산되어 이들이 거리로 쏟아져 나올 경우 어떤 일들이 벌어질까.

현재 우리 역량으로 볼 때 사회적경제기본법은 시기상조다. 이 법의 시행을 주장하는 사람들은 과연 진보진영에 장악당한 생협 등 협동조합운동의 실태를 알고 있을까? 알고도 이를 추진한다면 그 의도는 무엇인지 궁금하다. 만약 의도를 모른다면, 모르면서 이런 엄청난 사회적 파장을 가져올 법의 제정을 추진한다는 그 무모함에 다시 한 번 놀랄 따름이다.

대한민국 애국우파 그 빛나는 승리의 기록들
–나는 대한민국의 아스팔트 우파다

종북 주사파의 실체를 정확히 파악, 그들의 약점을 집요하고 일관되게 공격

'우파운동'을 계속하는 힘은 어디에서 비롯되는 것인가? 그것은 내가 하는 운동이 정의롭다는 신념과, 종국에는 기필코 승리할 것이라는 확신일 것이다. 외롭고, 혹독한 거리로 나를 내모는 힘. 그것은 신념의 힘이다.

대한민국은 세계사적 성공을 이룬 나라다. 2차 세계대전 직후 식민지에서 해방된 많은 제3세계 나라들 중 유일하게 '산업혁명'과 '민주주의 혁명'을 이룬 자랑스러운 나라다. 6·25 전쟁 직후 대한민국은 폐허였다. 아무도 이 쓰레기 더미에서 산업화와 민주화의 꽃

이 피리라고 기대하지 않았다.

우파들 일어서다

그러나 우리는 일어섰다. 그리고 세계를 향해 외쳤다. 우리가 옳았고, 대한민국의 미래를 비관한 사람들의 예측이 틀렸다고!

오늘날 대한민국의 성공을 폄하하는 세력들이 존재한다. 종북(從北) 주사파들이다. 이들은 대한민국은 태어나지 말았어야 할 나라라고 저주한다. 대한민국의 성공의 역사를 '정의가 좌절된 실패의 역사'라고 규정한다.

종북 주사파들은 인류 최대의 실패 사례이며 전 세계의 웃음거리인 북한에 경의를 표하고 있다. 사사건건 대한민국의 실수에는 저주를, 북한의 3대 세습과 치명적인 인명 살상과 실패에는 눈을 감는 외눈박이들이다.

애국우파들의 승리의 기록

대한민국을 저주하는 세력에 대해 응징하는 애국우파가 출현했다. 그들은 외롭고 힘든 과정을 견뎌냈다. 그리고 거대한 악(惡)의 세력에 대항하여 승리의 기록을 만들었다.

전교조를 불법화 시키고, 정의구현사제단의 반(反)대한민국적 활동을 중지시킨 영웅 이계성은 말한다. "정의는 거짓을 이긴다는 신념이 용기를 주었다"고. '엄마부대 봉사단' 주옥순은 "한 가정의 살림살이도 엄마가 바로 서면 기울지 않는다"라는 신념으로 역사상 최초로 엄마들이 거리로 나서는 애국활동을 조직했다고 말한다.

의료혁신투쟁위원회를 이끌고 있는 최대집은 "나는 대한민국을 지키기 위한 운동을 수행하다 죽어도 여한이 없다는 생각을 지니고 있었다"고 고백한다. 그와 그의 동지들은 노무현 정부 시절 2005년 9월 5000여 명의 종북 시위대에 맞서 불과 수십 명의 동지들로 용감히 맞섰다. 그는 자신의 행동은 대한민국의 성공에 대한 분명한 확신과 신념이 있기에 가능했다고 말한다.

행동하는 대한민국 애국우파는 지난(至難)한 활동의 결과 '승리의 기록'들을 축적하기 시작했다. 싸움에는 사기가 중요하다. 전쟁에서 전세가 불리할 때 아군의 사기를 유지하는 것이 명장(名將)이다. 모택동은 국민당군에 패퇴하여 1만 리를 도주하는 소위 '장정'을 할 때 큰 판에서는 계속 패해 도주했지만, 도주 도중 소규모 전투에서 조그마한 승리를 조금씩 거둬 공산당의 사기를 유지했고, 결국 승리했다.

그동안 대한민국 애국우파는 승리의 경험이 부족했다. 이제 우리는 승리의 경험으로 무장한 든든한 부대를 가지게 되었다. 무엇보다 적을 두려워하지 않는 용감한 부대들이다. 이들의 승리의 경험들이 어려운 여건에서 활동하는 애국우파들에게 승리의 확신을 가져다 줄 것이다. 애국우파의 활동을 조용히 성원하는 우리 국민들에게 자신감을 심어줄 것이다.

애국우파들의 승리의 기록에는 공통점이 있다. 적을 분명히 알았다. 그리고 폭로했다. 종북 주사파의 정체를 정확히 알았기에 이들은 종북 주사파의 약점을 집요하게, 그리고 일관되게 공격했다. 이계성은 먼저 전교조가 주장하는 참교육의 실체를 다음과 같이 정확히 폭로했다.

"우리는 먼저 전교조의 참교육이 그들 주장대로 '참다운 인성교육', '부정부패 없애는 교육', '촌지 없애는 교육', '창의성 교육'이 아니라, 실제로는 '민족 교육'(대한민국은 미제 식민지다. 미국을 몰아내고 해방시키자), '민주 교육'(노동자·농민 수탈하는 자유민주주의를 제거하고 혁명을 통해 인민민주주의를 설립하자), '인간화 교육'(인민민주주의 설립, 민중에 의한 연방제 통일)이라는 사실을 알리는 데 주력했다."

정확히 알고, 확실하고 집요하게 공격

이계성의 집요한, 그리고 정확한 폭로에 전교조는 '참교육'이라는 용어를 버리고 '희망교육'이라는 용어로 바꿨다. 이계성은 나아가 '천주교 정의구현사제단'의 실체를 교인들에게 폭로했다. 그리고 좌익 신부가 있는 교회에 나가지 말고, 헌금하지 말자는 '행동강령'을 발표했다.

이 행동강령은 평소 좌익 사제의 활동에 불만을 가지고 있던 교인들의 활동에 불을 댕겼다. 좌익 신부들이 있는 교회의 신자와 헌금이 현저히 줄기 시작한 것이다. 좌익 사제들은 더 이상 종교의 허울을 쓴 좌익 활동을 계속할 수 없었다.

전교조가 처음 출범할 당시 명분은 당시 교육계에 만연했던 '촌지'에 대한 학부모들의 불만을 이용했다. 이것은 공산주의자들의 전형적인 수법인 '경제투쟁'인데, 일상의 불만을 투쟁으로 조직하여 정권 퇴진 투쟁으로 나가게 하는 전술이다. 그 이면에 그들이 실제로 하고자 하는 목표가 있다.

공산주의자들은 자신들의 정체를 숨기는 데는 귀신들이다. 그러나 그들의 약점은 그들의 주장이 허위, 거짓이라는 점이다. 그 허위, 거짓을 정확하게 타격하면 공산주의자들의 정체가 백일하에 드러나게 되어 있다.

조영환도 공산주의자들의 약점을 분명히 알고 있었다. "좌익세력은 실천적 지식에 강세를 보이지만, 그들에게는 진실성이 빈약하다"는 그의 말대로 좌익세력의 치명적인 약점은 '진실성, 즉 그들 주장이 허위와 거짓이라는 점이다.

종북 주사파들은 소위 '계급투쟁론'을 신봉하는 자들이다. 계급투쟁론에 따르면 세상은 착취계급과 피착취계급으로 나뉘어 있다. 모든 착취계급들을 혁명을 통해 절멸시키지 않는 한 사라지지 않고, 사회의 모순도 그대로 존재한다.

따라서 계급이 없어지는 유토피아 세상을 향한 폭력투쟁 과정에서 모든 것이 정당화된다. 계급해방을 위한 혁명을 위해서는 어떤 사기, 공갈, 살인, 강도, 갈취, 반인륜적 범죄들마저 정당화되는 것이다.

그들의 전략 전술은 폭력혁명을 위해 자신들의 정체를 숨기고 순진하고 선량한 국민들을 폭력 현장으로 내모는 것에 모든 노력을 집중하고 있다. 이 지점이 공산주의자들의 최대 약점이다. 그들은 세상 모두를 속일 수는 없다. 이들의 행동을 예의주시하여 앞의 말과 뒤의 행동을 꾸준히 관찰하면 이 거짓쟁이들이 발붙일 곳이 사라진다.

또 다른 승리를 위하여

대한민국 애국우파들의 소중한 투쟁의 결과 종북 주사파들은 앞으로 나서는 행동을 꺼리고 있다. 그들의 정체가 폭로되는 것을 두려워하기 시작한 것이다. 대한민국 애국우파들이 드디어 승기를 잡은 것이다.

그리고 이들은 "내 나이가 어때서"라고 당당하게 말한다. 운동에 나이가 많고 적음은 아무런 장애가 되지 않음을 보여주고 있는 것이다.

서석구는 말한다.

"70대, 내 나이가 어때서. 아스팔트 우파하기에 딱 좋은 나이인데."

바로 이 분들이 대한민국 애국우파의 주력부대다. 우리는 이 영웅들의 승리의 기록을 소중히 기억하고, 이를 토대로 또 다른 승리를 향해 나아가야 할 때다.

II

한 386의 고백

이 글은 한때 잘못된 사상과 인식 위에서 자랑스러운 우리 현대사를 흠집 내고자 했고, 잘못된 길로 가자고 주장했던 필자에 대한 고백입니다. 과거의 학생운동 경력이 더 이상 자랑스러운 훈장으로 인식되어서는 안 되며, 오히려 우리 사회에 대한 부끄러운 기록이어야 한다는 생각입니다.

물론 저의 이러한 생각이 그 당시 민주화에 대한 열망으로 순수한 마음으로 운동에 동참했던 분들에 대한 흠집 내기는 더더욱 아닙니다. 오히려 순수한 마음을 이용하고자 했던 좌익운동권에 대한 저의 반성적 접근으로 헤아려 주십사하는 마음 간절합니다.

고(故) 박정희 대통령의 영전에
머리를 조아리며

얼마 전 '민족문제연구소' 등 세칭 진보단체와 학자들이 중심이 되어 일제시대 친일파 명단이 발표되었다. 그 명단 속에 돌아가신 박정희 대통령의 이름이 포함되어 있었다. 물론 이들의 명단 속에 당연히 포함되리라는 것은 사전에 충분히 예상되었던 일이다. 그들이 이 시점에 굳이 과거사 청산이라는 명분으로 그와 같은 일을 벌이는 이유는 짐작이 가고도 남는다. 그러나 막상 공개적으로 돌아가신 분의 휘자가 함부로 폄하되는 현실을 접하면서 같은 시대를 사는 사람으로 죄스러운 맘을 금할 길 없다.

수천 년을 지속되어왔던 숙명과도 같았던 절대적 가난을 우리 운명 속에서 지우고자 평생을 노력하신 그 분이셨다. 그러나 정작 본인은 막상 자신이 심혈을 기울여 이룩한 오늘의 대한민국에서 이토록 수모를 받고 있다고 생각하니 죄스러운 마음에 눈물이 앞을 가린다.

박정희 대통령에 대한 젊은 시절의 오판

필자가 그분을 알게 된 것은 대학에 들어가서이다.

물론 그 전에도 중·고등학교 시절 수업시간에 한국적 민주주의를 실현했던 분으로 배워서 알고는 있었다. 그러나 대학에 들어가서 본격적으로 그 분에 대한 많은 것을 알게 되었다. 대학에 들어가 선배들과 책을 통해서 알게 된 그분은 이제까지 내가 알던 그런 사람이 아니었다.

일본군 장교출신이라는 사실도 그때 알게 되었다.

대학에서 만난 그분은 독재의 화신이었다.

일제의 앞잡이였던 그는 미국의 앞잡이가 되어 우리 민중을 수탈하고, 자신의 권력유지를 위해서라면 무자비한 탄압을 일삼는 독재자의 전형이었다.

그가 이룩한 산업혁명은 정부의 선전과는 달리 우리 민족의 자주적인 발전을 왜곡시키고 미국과 일본제국주의의 식민지적 수탈을 원활하게 하는 것에 다름이 아니었다.

대한민국은 미국의 식민지였고 미국의 식민지적 지배의 선봉에 선 사람이 다름 아닌 그였다. 그가 이룩한 대한민국은 점점 외국의 노예로 가는 길이었다.

종국에는 외국자본에 모든 것을 빼앗기고 최악의 나락으로 빠져갈 기가 막힌 현실이 우리 앞에 기다리고 있다는 것이었다.

일제 36년의 노예생활도 부족해서 이제는 서양 사람의 노예에서 영원히 헤어 나올 길이 없다고 생각하니 눈앞이 캄캄했다.

노예의 길에서 벗어나는 길은 오직 하나였다.

혁명 밖에는 다른 수단이 없어보였다. 그렇게 나의 사회주의자로서의 길이 시작되었다.

나에게 박정희 대통령은 적이었다.

그리고 그의 길을 따르는 모든 사람은 민중의 수탈자였고 한줌도 안 되는 민족과 민중의 배반자들이었다. 반면 사회주의에는 민족낙원의 길이 보장되었다. 누구도 다른 사람이나 집단에 의해서 강제적 지배나 억압이 없고 능력껏 일하고 필요에 따라서 나누어 갖는 모두가 꿈꾸는 이상사회였다.

공산주의는 민중을 억압하는 사상

북한의 김일성을 알게 된 것도 그 시기였다. 북한의 김일성은 절세의 애국자였다. 어린 시절부터 조국 독립의 꿈을 안고 만주로 건너가 평생을 조국 광복을 위해서 무장투쟁을 전개하던 영웅이었다. 이미 중학생 정도의 나이에 '타도제국주의동맹'을 결성해서 조선 공산당의 효시가 된 사람이었다.

그런 그가 북한에 사회주의 조국을 건설한 것이다. 남쪽의 식민지 나라와 북쪽 자주의 나라, 더 이상 비교할 필요가 없었다. 단지 억울한 것은 6·25민족해방전쟁이 미제국주의자들의 개입으로 좌절된 일이었다.

남쪽에서도 민중이 주인 되는 이상사회를 건설할 절호의 기회가 좌절된 것이다. 이러한 나의 생각은 그 후로 오랜 기간 지속되었다. 나에게 이데올로기는 매우 강력한 영향을 미쳤다.

가끔씩 사회주의에 대한 다른 증거가 제시되고 대한민국에 대한 긍정적 요소가 눈에 띄어도 이는 나의 철저하지 못한 혁명의지 때문이었다. 나의 사회주의와 북한에 대한 환상이 깨진 것은 그리 오래되지 않아서였다.

소련이 무너지고 연이어서 동유럽 사회주의가 무너졌다. 그것도 외부의 침략에 의해서가 아니라 그 낙원에 살던 사람들에 의해서다. 영원한 사회주의의 낙원이고 고향인 소련과 사회주의 나라는 우리가 꿈꾸었던 그런 사회가 아니었다.

반대자들에 대한 피의 숙청이 진행되고 인간의 존엄과 생명이 가장 억압받는 인류 최악의 사회였다. 소수의 지배자들의 천국이었다. 민중이 주인이 아니라 오히려 민중이 가장 억압받는 그런 곳이었다. 이제 까지 내가 믿었던 사상은 의심받기 시작했다. 어디서부터 어떻게 틀렸단 말인가. 근본부터 흔들렸다. 그러나 도피처가 있었다.

북한은 소련과 동구권의 멸망에도 불구하고 아직도 건재했다. 소련과 동구권의 물질중심주의적 철학의 실패이지 인간을 중시하는 주체철학의 실패는 아닐 거야. 당시 나의 생각이었다. 그러나 그도 오래 가지 못했다. 연이어 탈북자들의 증언이 쏟아졌다. 그래도 버텼다.

탈북자들은 북한에서 죄를 짓고 그 사회에 살 수 없어서 도망쳐 나온 사람들이 대부분일 것이다. 따라서 그들은 자신의 잘못을 은폐하기 위해서 자신들의 고향을 저주하는 거라고. 그런 나의 생각이 결정타를 맞았다.

주체사상의 창시자로 알려진 황장엽 선생이 북한을 탈출하여 남한으로 온 것이다.

중국의 고도성장, 박정희 대통령의 산업 혁명 벤치 마킹

이제 더 이상 도망갈 곳이 없어졌다. 탈북자들의 증언을 사실로 받아들여야 했다. 아니 북한은 더 이상 있을 수 없는 '악의 나라'였다.

300만을 굶주려 죽이고도 아무도 책임지지 않는 사회, 그 토록 소리 높여 외치던 인류의 낙원은 어디로 갔단 말인가.

경애하는 어버이 수령은 어디 가고 최악의 독재자가 그 자리에 있단 말인가.

자신의 백성이 그토록 굶주려 죽어 가는데 호화로운 궁전에 앉아 최고의 호사를 누리는 후안무치가 그 자리에 있단 말인가. 나는 공산주의자들의 선전에 놀아난 지적 저능아였다. 거짓을 사실로 알고 있었고 이를 소리 높여 외쳤던 판단 능력이 상실된 문제아였다.

다시 원점에서 검토해야 했다. 그동안 내가 그토록 확신했던 사실을 확인해야만 했다.

박정희 대통령을 다시 만난 것은 그때였다.

그분에 대한 것을 다시 보아야만 했다.

어느 정도 나이가 들어 다시 만난 박정희 대통령은 또 다른 모습으로 나에게 다가왔다.

우선 그분이 이룩한 산업혁명을 다시 보았다. 분명히 사회주의를 동경하던 당시 책들과 선배들의 판단에 따르면 대한민국은 제국주의자들의 침략과 수탈에 망해 있어야 했다. 결과는 정반대였다.

그분이 이룩한 터전 위에 대한민국은 승승장구하고 있었다. 세계 10대 무역국으로 진입해 있었다. 모든 제3세계 나라들의 선망의 대상이 대한민국이었다. 제3세계 나라가 산업혁명을 이루는 거의 유일한 성공사례가 대한민국의 산업혁명이었다.

오랜 기간 우리의 종주국이었던 중국이 오히려 우리를 배우고 우리를 부러워하고 있다는 놀라운 사실을 알게 되었다. 중국의 근대화의 기수 등소평이 가장 본받고자 한 것이 박정희 대통령의 산업혁명이었다는 것은 이제 더 이상 비밀도 아니다.

오늘 중국의 고도의 경제성장의 배후에는 박정희 대통령의 산업혁명 전략의 벤치마킹이 있었던 것이다.

박정희, 우리 민족에게 '하면 된다'는 불굴의 의지 심어줘

베트남을 취재차 방문했던 후배가 그곳에서 만난 기자와의 대화 가운데 들었다는 한마디가 아직도 잊혀지지 않는다. "베트남과 대한민국의 현재의 엄청난 격차의 원인이 무엇인지 아느냐. 그것은 대한민국은 박정희 같은 지도자를 가졌고 베트남은 그런 지도자가 없었다는 것이 가장 결정적인 이유다."

그 후배 또한 얼마간 사회주의에 물들었던 전력이 있었다. 그는 타국에서 만난 외국사람의 박정희 대통령에 대한 평가에 스스로 자부심이 느꼈다고 나에게 고백했다.

박정희 대통령은 가난을 숙명처럼 여겼던 우리 민족에게 '하면 된다'는 불굴의 의지를 불러일으켰다. 세간의 비난에도 아랑곳 하지 않고, 역사가 그에게 부여한 시대적 사명을 안고 묵묵히 그의 길을 간 선구자였다.

대한민국의 오늘을 일구는데 무엇 하나 기여한 적이 없는 이들이 과거사 청산이라는 거짓명분으로 돌아가신 대통령을 헐뜯고 있다.

그들은 답해야 한다.

당신들이 그토록 찬양하던 사회주의는 왜 실패했고 당신들이 꿈꾸던 나라는 어디에 있는지.

당신들은 오늘의 대한민국을 위해 무엇을 하였는가?

대한민국을 전복하여 최악의 독재자에게 오늘의 대한민국을 헌납하려 했던 당신들의 죄악을 먼저 고백해야 한다.

그것이 최소한 인간의 도리이다.

거짓과 위선의 가면을 벗고….

자신이 이 사회에 끼쳤던 죄악을 참회하는 모습으로 돌아오기를 간절히 바란다.

위대한 대통령을 헐뜯는 당신들을 역사는 용서하지 않을 것이다.

나는 지난날 그분을 모욕했던 죄인이기에 오늘의 현실이 더욱 견디기 어렵다.

그분의 뜻을 계승하는 것이 그분에 대한 과오를 씻는 길이라고 확신하기에 그분의 영전 앞에 머리를 조아릴 용기라도 갖는 것이다.

(박정희 대통령 기념사업회 회보, 2005년)

반공주의(反共主義)를 옹호한다

오늘날 아직도 '반공주의'의 가치와 유효함을 주장하는 사람이 있다면 아마 철지난 유행가만을 읊조리는 시대에 뒤떨어진 사람으로 취급당하기 십상일 것이다. 21세기는 이념이 종말을 고한 '탈 이념의 시대'라고들 한다. 대부분의 사람들이 이러한 시대인식에 동조하고 있는 것 같다. 상황이 이러함에도 아직도 '반공주의'를 부르짖는다면 그는 시대착오적 사람쯤으로 '꼴통'이라는 것이다.

그러나 나는 '꼴통'이라는 평가를 무릅쓰고 '반공주의'는 아직도 우리가 고수해야하는 중요한 가치 중 하나라고 주장해야겠다. 공산주의를 실험했던 사회주의의 고향 소련이 무너졌다. 뿐만 아니라 그들 주장에 동조하고 있던 많은 사회주의자들의 호소가 더 이상 대중적인 관심에서 멀어져갔다. 중국 또한 등소평의 등장 이후 현

실체제로서 공산주의 노선은 사라졌다.

그런데 왜 나는 아직도 '반공주의'를 폐기할 수 없는가? 서구에서 현재 일어나고 있는 탈 이념화 현상은 그들 나라에서 진행되어 온 공산주의와의 오랜 투쟁의 결과물이다. 거저 이루어진 것이 아니라는 얘기다. 그들은 그들이 이루어 놓은 시장경제와 자유민주주의를 지키기 위해 오랜 기간 공산주의자들과 투쟁해 왔다. 이들의 자유민주주의와 시장경제를 지키기 위한 노력으로 현실사회주의는 그 정당성을 상실한 것이다.

필자는 얼마 전 중국 대사관 직원과 오랜 시간 대화하는 기회를 가졌다. 그는 우선 한국의 주사파 386을 이해할 수 없다고 했다. 그의 눈으로 보기에는 한국의 주사파 386은 시대에 역행하는 것이었다. 아직도 공식적으로 공산주의를 폐기한 적이 없는 중국에서도 사회의 작동원리는 이미 시장경제체제에 깊숙이 편입되었었다. 당은 공식 입장으로 공산주의를 폐기한 적은 없다. 그러나 그가 나에게 전해준 등소평의 말은 많은 것을 시사해 준다.

등소평에 따르면 "공산주의적 이상의 실현은 여전히 유효하다. 그러나 그런 이상 사회로 가기 위해서는 선진문물과 제도가 우선 선행해야 한다. 따라서 지금은 선진 생산력을 가진 자본주의를 따라 배워야 이상사회를 실현하기 위한 조건을 만들 수 있다. 그 기간은 아마 30세대 혹은 100세대 후 일지도 모른다." 등소평의 말은 한마디로 사회주의의 포기선언이다. 이를 중국국민들은 대체로 이해하고 있다는 것이다.

중국국민들은 모택동의 문화혁명을 경험하면서 이상적 공산주의의 실험이 얼마나 파괴적이고 반문명적 인지를 몸소 깨달았다. 만일 그들에게 다시 모택동의 문화혁명 정신으로 돌아가자고 누가 주장한다면 시대착오적인 사람으로 보일 것이다. 그들은 자신들의 경험에서 이상적 공산주의의 폐해를 알게 된 것이다. 이들은 입으로 말하고 있지 않지만 행동으로 반공을 실현하고 있는 것이다.

대한민국의 건국의 이념은 자유민주주의와 시장경제체제의 실현이다. 이를 위해서 우리 선배들은 싸워왔다. 해방공간에서 이상적 공산주의를 한반도에 실현하고자 따라서 공산혁명을 획책했던 집단과의 투쟁의 역사가 대한민국의 건국의 역사이다. 이는 전체주의와의 투쟁이고 개인의 자유와 권리를 지키려는 숭고한 투쟁이다. 공산주의에 반대한 것은 그들의 내건 구호와는 달리 인간의 존엄과 자유는 억압되고, 종국에는 모두의 파멸을 초래할 것이라는 확신 때문이다.

우리 선배들의 확신은 정당했다. 해방 후 70년이 지난 오늘의 차이가 이를 말해준다. 공산주의자들에 의해서 일어난 6·25전쟁에서 우리 선배들은 죽음을 무릅쓰고 싸워 자유 대한민국을 지켜냈다. 이들의 희생이 있었기에 오늘 대한민국의 번영이 있는 것이다. 6·25전쟁에서 우리 선배들은 공산주의자의 실체를 몸소 경험했다. 이들의 철학은 증오의 철학이고 파괴의 철학이었다.

따라서 우리 선배들에게 '반공주의'는 더 이상 말이 필요 없는 사회적 합의 이상이었다. '반공주의'가 오늘 좌파들이 주장하는 것처럼 국민을 억압하기 위한 통치 이데올로기로 등장했다는 것은 사실 왜곡이다. 오히려 인간의 존엄과 가치를 지키는 운동이 '반공주의'였던 것이다. 반대편에는 공산주의자들이 있었다. 대한민국의 '반공주의'는 공산전체주의로부터 자유와 민주·시장경제를 지키기 위한 가치투쟁이었던 것이다. 공산주의의 폐해를 경험한 우리 선배들에게 '반공주의'는 가치의 공통분모였다.

그러나 이러한 공통의 가치는 도전당하고 있다. 우리 선배들의 피나는 노력 끝에 건설한 대한민국의 성공이 오히려 후배들에 의해서 위협당하고 있는 역설적 현상을 보고 있는 것이다. 세계에서 가장 뒤처진 대한민국을 일으켜 세우기에 바빴다. 그 사이에 후손들은 그 혜택을 가장 많이 받으면서도 한편으로 선배들의 공통의 가치인 '반공주의'를 의심하기 시작한 것이다. 몸으로의 경험이 철학으로, 가치로 후배들에게 전달되지 못한 것이다.

너무도 당연했기에 더 이상 설명할 필요조차 없다는 사실 때문에 게을렀는지도 모른다. 한편으로 북한 공산주의의 끊임없는 대한민국 흔들기가 시간이 지나면서 효과를 거두었다는 것도 일정한 사실일 것이다. 아직 공산주의를 반대하고 자유대한의 가치를 지키는 운동은 끝나지 않았다. 한반도의 북쪽에 세계최고의 독재국가인 김정은 독재정권이 있는 한 자유대한을 지키고 발전시키려는 우리의 투쟁은 멈출 수 없다. 아니 오히려 강화되어야 한다.

'반공주의'의 원래 정신은 인간의 존엄과 가치를 공산주의의 위협으로 지키려는 것이다. 소극적인 공산주의를 반대하는 의미에서 구출해내야 한다. 그 본래 의미를 되살려 새로운 선진 대한민국의 가치운동으로 계승 발전시켜야 할 책임이 우리 후배들에게 있다. 그러한 노력이 있은 후에야 우리는 이념시대의 종언을 자신 있게 이야기 할 수 있을 것이다.

이러한 노력이 종국에 가서는 김정은 압제에서 신음하는 2300만 북한 동포들에게 전해져야 한다. 그 후에야 이념시대의 종언을 말하자. 지금은 빠르다. 우리의 성공이 한반도 전역의 성공으로 확산되어야 한다. 그렇지 않으면 반쪽일 수밖에 없다. 한반도 전역에서 자유와 민주주의의 실현을 위해 우리가 가야할 길은 아직 멀다. 가다가 그만 둘 수 없다.

(프리존, 2005. 8. 12)

나의 사상적 스승 리영희를 비판한다

—리영희가 본 것은 사회주의 나라의 실재(實在)가 아니라 선전 문구였다

레닌의 표현대로 리영희는 '쓸모 있는 바보'였다. 사실과 선전을 구분하지 못하고 공산주의자들의 선전에 속아 자신이 속한 사회를 저주했던 어리석은 남자였다. 그것이 오늘 나의 눈에 비친 리영희의 모습이다.

리영희 교수의 글을 처음 만난 건 1970년대 후반이었다. 나는 박정희(朴正熙) 대통령의 유신통치에 반감을 지니고 있던 20대 초반의 청년이었다. 나는 고등학교 시절의 '반공교육'에 저항감을 갖고 있었다.

기성권위에 대한 도전과 문제의식이 주된 이유였으리라고 생각한다. 대한민국 건국에 대한 역사적 지식이 너무 짧았고, 사상을

얘기할 만큼 내 공부가 깊지도 않았다. 다만 '공산주의는 악(惡)이고, 자본주의는 선(善)이다'는 식의 천편일률적인 주장에 식상해 있었다.

그런 내게 리영희 교수가 쓴 《전환시대의 논리》와 《우상과 이성》은 충격이었다. 이승만(李承晚)을 비롯한 대한민국의 건국세력은 일제(日帝)의 앞잡이였고, 일제에 저항하였던 세력은 우리가 빨갱이라고 저주했던 좌파(左派)라고 주장했다.

식민지 해방운동의 주역은 대한민국을 세운 사람들이 아니라 북한을 건설한 김일성(金日成) 세력이었고, 내가 대한민국의 은인이라고 여겼던 미국은 흉악한 음모를 지닌 대한민국 건국의 배후 조종자였다. 대한민국은 자주 독립국이 아니라 미국의 식민지라고 주장했다.

이제까지 내가 옳다고 믿었던 것은 다 허물어졌다. 나는 사실이 아닌 것을 사실로 알고 있었던 지적(知的) 저능아였다.

리영희의 책에서 알게 된 공산주의자들은 높은 도덕성과 숭고한 인간애를 지닌 이 시대 최고의 우상이자 영웅들이었다.

나와 리영희의 만남은 그 후로도 계속되었다. 나의 스승 리영희는 내 인생의 좌표였고 길잡이였다. 그는 나의 삶의 행로를 바꾸었다.

태어나서는 안 될 사생아 대한민국을 지금이라도 바로잡기 위해서는 사회혁명이 필요해 보였다. 공산주의 사상만이 유일한 대안(代

案)이었고, 다른 사상들은 인간을 교묘하게 속이는 위선의 허접스러운 사상이었다. 나의 사회주의자의 길은 이렇게 시작되었다. 청년 시절 나의 이런 신념은 한 번도 도전당하지 않았다.

소련과 동구 사회주의 국가의 붕괴

1990년대 초반 소련의 붕괴와 동구 사회주의 국가들의 연이은 붕괴는 내게 리영희와의 만남만큼 충격이었다. 탈북자들과 언론을 통해서 알려지기 시작한 북한의 참혹한 실상은 사회주의와 주체의 나라 북한에 대한 동경을 깨부셨다.

공산주의 나라에는 높은 도덕성과 숭고한 인간애가 없었고, 자본주의 나라보다 더한 독재와 관료주의, 인간에 대한 지독한 소외만이 있었을 뿐이다.

내 청년기의 사상과 행동은 정당성을 상실했다. 누구의 탓이 아니라 내 탓이다. 전두환(全斗煥) 독재에 대한 저항으로 진지한 성찰 없이 사회주의를 택했던 나의 비(非)지성적 태도가 문제였던 것이다.

나는 나를 사회주의로 이끌었던 리영희 교수의 저작들을 다시 한 번 정독했다.

한 시대를 진지하게 고민했던 개인으로서 누구에게 책임을 묻고자 하려는 게 아니다. 이건 진지하지 못했던 나의 어리석음에 대한

반성이다.

리영희에 대한 평가는 극과 극을 이루고 있다. 한편에서는 좌경의식화의 원조로, 다른 한편에서는 386의 '사상적 은사(恩師)'로 불린다. 대한민국의 좌경화를 걱정하는 사람에게 리영희는 대한민국의 정통성을 부인하고 사회주의에 대한 환상을 갖게 한 인물이다. 그가 386에 끼쳤던 영향을 감안하면 그런 평가는 결코 과장된 것이 아니다.

외할아버지를 죽인 머슴을 동경(憧憬)

리영희는 2005년 3월에 발간된 《대화》라는 책에서 소년 시절 사회주의(社會主義) 사상에 경도되어 있던 외삼촌 최모린을 존경했다고 밝혔다. 그 다음으로 영향을 미친 사람은 거부(巨富)였던 외조부 밑에서 머슴살이를 하다 사라진 뒤 독립군의 일원이 되어 세 번에 걸쳐 외조부의 재산을 털고 끝내 외조부를 총으로 죽인 머슴 문학빈(그후 일본군에 협조한 것으로 밝혀짐)을 동경(憧憬)하며 성장했다고 말했다.

리영희는 미군 통역관으로서의 군(軍)생활과 외신부 기자 생활을 하면서 군의 불합리와 부패, 그리고 당시 기자 사회에서 나타난 부조리와 연줄관계에 비판적인 사고를 가지게 되었다. 리영희는 '그 대안(代案)으로서 중국혁명에 관심을 가지게 되었다'고 쓰고 있다.

그는 중국 마오쩌둥(毛澤東)의 중국 사회주의 혁명과 1965년에 일어났던 문화혁명(文化革命)에 대한 연구를 통해 그의 사상적 기조를 형성했다고 밝히고 있다. 그는 그후 일관되게 친북(親北) 논조를 유지하면서 대한민국에 대해서는 비판적이고, 사회주의국가에 대해서는 동경하는 태도를 견지해 오고 있다.

마오쩌둥(毛澤東)과 문혁(文革)에 대한 동경

리영희는 마오쩌둥의 공산혁명과 문화혁명을 동경하고 미화했다.

1970년대 이후 지금까지 그의 저서에 나타나는 일관적인 특징은 자유민주주의에 대한 조롱, 철저한 반미(反美)의식, 대한민국에 대한 자학적 역사인식이다.

리영희는 1974년 발간된 《전환시대의 논리》에 수록된 '대륙중국에 대한 시각조정'에서 마오쩌둥과 문화혁명에 대한 자신의 생각을 밝히고 있다.

리영희는 쿠바 특파원인 루이 암스트롱의 글과 한국외국어대의 안경준 씨의 글을 인용한다.

"새로운 대(大)약진이 마련되고 있다. 집단경제는 모든 시련을 넘어 인민공사는 반석 위에 놓이게 되었다. 이 모든 기적을 나에게 보여 준 이 나라 인민에게 축복이 있어라"(루이 암스트롱)

"(인민공사에 대한) 인민의 뿌리깊은 개인경영사상과 집단수용소에 대해 느끼는 환멸감은 자본주의적 요소가 끊임없이 성장되도록 부채질할 것이며 공산독재의 멸망을 촉진하는 요인이 될 것이다"(안경준)

여기서 리영희는 '문화혁명에 대한 서로 다른 평가는 중국에 대한 선입관 때문'이라며, 부정적 평가는 잘못된 선입관이 개입됐기 때문이라고 결론짓는다.

리영희는 "문화대혁명은 자본주의의 조건에서 만들어진 인간을 개조하여 사회주의적 인간을 만드는 것과, 계급분화의 제 조건을 근본적으로 제거함으로써 평등한 인간사회를 보장·발전시키는 사회구조를 창조하자는 두 가지의 목적을 지닌 운동"이라고 본다.

리영희는 마오쩌둥이 문화혁명을 일으키게 된 배경이 첫째, 중국공산혁명을 일으키던 당시와 혁명이 성공하고 난 후 사이에는 사회적 환경과 조건이 상이함에 따른 새로운 모순과 갈등이 생겼다고 주장한다.

그것은 마오쩌둥이 게릴라 활동을 하던 당시의 인간형—리영희 표현에 따르면 철저한 평등·우애·동지애·자기희생·전체에의 봉사 그리고 극단적인 절약 등으로 상징되는 인간형—과 권력을 장악한 뒤에 보이는 현실적 인간형 사이의 모순이라는 것이다.

리영희는 이를 "스탈린식의 '물질제일주의'와 마오쩌둥식의 '인간제일주의'의 대립"으로 보았다. 그에 따르면 "스탈린 사회주의의 특징은 생산수단의 사회화, 즉 국유화가 이루어지면 생산수단의 소유형태로 나뉘어진 모든 계급은 소멸된다고 생각했다"는 것이다. 따라서 그 토대 위에 생산력은 급속히 발전되고, 인간의 의식 또한 변화된다고 보았다.

중국 공산당의 주장을 무(無)비판 수용

리영희는 "이러한 태도는 물질 변화에만 주목한 물질중심주의적 태도"라고 주장했다. 여기서 스탈린과 마오쩌둥은 대립된다. 리영희는 "마오쩌둥은 '생산수단의 국유화가 이루어진다고 해서 자동적으로 생산력이 발전하거나 의식이 바뀌지 않는다'고 보았다. 인간은 사회주의가 이루어져도 구(舊)시대적 의식―자본주의적 또는 전(前)근대 봉건적인 의식, 다시 말해 이기적 욕심―은 남아 있어서 사회주의의 완성을 끝까지 위협할 것"이라는 것이다. 따라서 마오쩌둥은 '사회혁명과 별도의 인간의식 개조혁명이 이루어져야 한다'고 보았다는 것이다.

이러한 리영희의 입장은 당시 중국공산당의 공식 견해를 무(無)비판적으로 수용한 것이다.

리영희에 따르면 "류사오치(劉少奇)는 스탈린과 마찬가지로 생산력이 발전되면 인간의 사상개조가 이루어진다는 관점에 서있었다"는 것이다. 류사오치는 중공(中共)이 급속한 공업발전을 이루어야 한다는 긴박성 때문에 인간의 이기적 욕구에 호소하는 물질적 자극책을 썼다는 것이다.

구체적으로 농촌에서는 사유지의 보장과 생산결과에 따른 생산이윤의 보장 등이고, 공업 분야에서는 전문가와 기술자의 우대, 노동자들의 이들에 대한 종속, 관리인 중심의 경영제도, 41종에 달하는 보너스제 도입 등 현재 소련식 제도를 도입했다.

이는 마오쩌둥이 보기에는 단기적으로 생산력의 발전을 이루는 효과는 있겠으나 장기적으로는 자본주의적 이기심을 조장함으로써 자본주의에로의 역행현상이 일어나 중국 사회주의혁명을 근본적으로 위협할 것이라는 것이다.

리영희는 마오쩌둥과 류사오치의 권력투쟁을 노선투쟁으로 미화했다.

마오쩌둥 개인 숭배 옹호

이어서 리영희는 《전환시대의 논리》에서 마오쩌둥을 극찬하고 있다. 그는 한 서방의 평자의 말이라고 하면서 "레닌은 최초의 사회주의혁명은 하였으나 공업화는 못 했다. 스탈린은 공업화는 했으나 인간혁명은 못 했다. 마오쩌둥은 공업화와 인간혁명을 동시에 하고 있다"고 최대의 극찬을 늘어놓았다.

리영희는 한마디 더 덧붙인다. "문화혁명이라는 급격하고 웅장한 변화가 이루어지고 있으며 이러한 사실은 미국 기자들만 모를 뿐 전(全)세계에 널리 알려진 지 오래다" 리영희는 "마오쩌둥은 레닌과 스탈린을 뛰어넘은 위대한 사회주의 사상가로서 인간의 평등 사회에 대한 꿈을 실현하는 올바른 노선에 있다"고 했다. 그 노선의 실현이 문화대혁명으로 나타나고 있다고 본 것이다.

리영희는 1977년 발간된 《우상과 이성》에서 문화혁명 당시의 '하방(下放: 지식인을 지방으로 내려 보내 노동을 시키는 운동)'을 '인간우선주의'의 실천으로 부르고 있다. 그는 "이러한 문화혁명의 과정이 (스탈린의 경우처럼) 무시무시한 내부 숙청이 아니라 이론정립과 토론, 자기비판, 설득 등 매우 인간적인 방법으로 진행되었다"고 찬양했다.

그 예로 "가장 극심한 비판을 받았던 류사오치도 북경(北京) 교외에서 현재 재(再)교육을 받고 있는 것으로 확인되었다"고 밝히고 있다.

리영희의 마오쩌둥 숭배는 여기서 그치지 않았다. "마오쩌둥은 인간적으로 그릇이 매우 큰 영웅의 풍모를 지녔고 동시에 사상가·교육가·정치가·전략가·시인(詩人) 등 다양한 자질을 한몸에 지닌 인물"이라는 것이다. 여기서 리영희는 더 나아가 "마오쩌둥이 사회주의 혁명에서 차지하는 위치는 마르크스·레닌·스탈린 세 사람을 합친 것보다 위대하다"고 주장했다.

리영희는 마오쩌둥의 '개인숭배'에 대해서도 색다른 분석을 했다. 아마 송두율식(式)의 '내재적 접근법'의 원조가 아닌가 한다.

"개인숭배를 중국의 고유한 역사적 경험과 문화적 전통이라는 관점에서 보아야 된다. 외부의 시각으로 중국 인민들의 마오쩌둥에 대한 개인숭배를 재단해서는 안 된다. 중국처럼 장구한 세월 동안 정치적 억압과 빈곤과 비참의 역사를 살아 온 중국민중에게는 그 생물학적·인간적 존재의 기본조건을 처음으로 해결해준 지도자와 그 인간에 대한 감정은 숭배에 가까운 '거의 절대적인 존경'이 있을 수 있다."

또 스탈린의 개인숭배와 마오쩌둥의 개인숭배는 차이가 있다고 강변한다.

"스탈린은 당과 정부로 구성되는 관료화된 권력체계의 커다란 피라미드의 꼭대기에 앉아 관료적 방법으로 숭배를 강요했다. 반면 마오쩌둥은 문화대혁명을 통해 스스로 지휘한 당 관료기구를 타파함으로써 민중과 자기를 직결시키는 데 대한 존경이다. 홍위병 운동은 인민대중의 지성과 에너지에 의거한 결정과정이 가장 극단적으로 표현된 운동이라는 것이다. 마오쩌둥의 이러한 대중의 힘에 의거하는 방식이 스탈린의 강요에 의한 방식과의 가장 큰 차이다."

뿌리 깊은 반미(反美), 대한민국에 대한 경멸

리영희는 자본주의를 경멸한다. 그 대안(代案)으로 그는 중국의 사회주의 혁명과 마오쩌둥의 사상을 택한 것으로 보인다. 자본주의 나라를 대표하는 미국은 증오한다.

리영희는 미국은 전쟁이 없으면 살 수 없는 구조를 지닌 나라이며 전(全)세계에 걸쳐 제국주의적 침략을 일삼는 나라로 보았다. 《대화》라는 책에서도 이러한 관점을 그대로 밝혔다.

"미국 자본주의는 그 본성으로 인해 국제사회에서 잔인무도할 수밖에 없다. 약소민족에 대한 전쟁 없이는 그 제국주의적 경제·정치·군사·과학기술 체제를 유지할 수 없다."

리영희의 미국 비판은 여기서 그치지 않는다.

"미국이라는 나라는 심각한 빈부격차, 경제·사회의 부정부패, 인종차별, 기업의 냉혈적 인사제도, 그리고 사람과 사람 사이의 골인정적인 생존경쟁 등 인간관계의 냉혹한 단면을 지닌 무자비한 약육강식의 철저한 이기주의적 자본주의 나라이다. 북한 핵(核)문제의 본질도 미국의 전쟁 없이 살 수 없는 제국주의적 침략적 속성에서 찾아야 한다."

리영희는 1994년 출간된 《새는 좌·우의 날개로 난다》는 저서에서 다음과 같이 결론 내린다.

"평화의 가면 아래 지구상의 도처에 불씨를 뿌리고 다니는 국가가 있다. 진정 평화를 사랑하고, 전쟁 없는 삶을 원하는 사람은 그 정체를 확인해야 한다."

리영희에 따르면, 미국이라는 나라는 지구상 최악의 나라다. 과연 그런가? 역사는 그가 그토록 동경했던 사회주의 나라가 그의 분석과 달리 최악의 나라였음을 보여 준다.

심각한 관료주의의 폐해와 부패는 자본주의 나라보다 훨씬 심각했고, 인민들의 삶은 비참했다.

공산독재자들의 철권통치는 우리의 상상을 초월했다. 그들의 실제적인 삶은 지상낙원과는 너무나 거리가 멀었다. 지상낙원이라던 사회주의 나라의 인민들은 그들 스스로 사회주의를 거부하고, 리영희가 그토록 혐오했던 자본주의적 생활방식을 선택했다. 사회주의 나라들은 전쟁이나 외부의 압력에 의해 무너진 것이 아니라 내부로부터 붕괴했다.

그는 허상을 보았고, 지금도 그 허상을 좇고 있다. 그가 본 것은 사회주의 나라의 실재(實在)가 아니라 선전 문구를 사실로 착각한 것이다. 레닌의 표현대로 리영희는 '쓸모 있는 바보'였다. 사실과 선전을 구분하지 못하고 공산주의자들의 선전에 속아 자신이 속한 사회를 저주했던 어리석은 모습이 오늘 나의 눈에 비친 리영희의 모습이다.

대한민국사(史)는 친일(親日)·독재세력에 의한 오욕의 역사

리영희는 1945년 이래의 대한민국의 역사를 '미(美) 제국주의의 남한에 대한 식민지적 지배와 이에 결탁한 이승만과 박정희를 비롯한 독재정권과 그들의 계급적 기반인 친일세력에 의한 오욕의 역사'로 보고 있다.

반면 그는 《대화》에서 북한을 '조국의 광복을 위해 싸웠던 애국지사들에 의해 설립된 나라이며, 새나라 건설과 사회혁명의 열기가 충천하고, 일제시대의 친일파를 비롯한 호의호식하며 권세를 누렸던 자들이 깡그리 청소된 이상적인 사회'로 묘사하고 있다.

그의 대한민국관(觀)은 《우상과 이성》에 잘 나타나 있다.

"남을 안방에 모셔 놓고 주인처럼 섬기기 20여 년, 해방 후부터 치면 32년인데, 그만하면 됐지 얼마나 더 모셔야 종의 근성이 풀린다는 말일까. 이런 정신적인 기형아, 생태적 불구를 만드는 데는 이 나라에 대해서 주인행세를 해 온 그쪽의 잘못도 있다. 사실 그 잘못은 흔히 생각하는 것보다 크고 중하다."

리영희가 본 8·15 광복 당시의 남한은 지배자인 미국과 이에 결탁한 세력들에 지배된 무법천지의 사회였다.

"과거에 남한에 잔존해 있던 악질적인 반역자들과 친일파들이 북한에서 도피해온 같은 부류의 악질분자와 결탁하여 남한사회를 지배하고 있었다. 이들은 미 군정의 비호 아래 도처에서 온갖 테러와 불법행위 폭력을 자행했다. 거기에서 남한 민중들의 저항이 일어났다."

당시의 무(無)정부 상태의 원인은 한마디로 미 군정과 이들의 하수인들에 의해서 조성된 것이라는 것이다. 리영희의 당시 해방정국에 대한 인식은 심각한 오류를 범하고 있다. 남한을 사회주의 나라로 만들려던 공산주의자들에 의해 촉발된 폭동이 실체적 원인이었다는 사실을 그는 의도적으로 빠뜨리고 있다.

리영희에 따르면, 분단의 책임도 미국에 있다. 38선을 그은 것도 미국이다.

"이승만(李承晩)은 미국의 앞잡이"

《대화》에 나와 있는 광복 이후의 역사에 대한 그의 평을 보자.

"1945년에서부터 1948년까지 미국 군대에 의한 점령통치기구인 군사정권하(下)에 놓였지요. 일본 총독통치의 변형이었지. 1948년에 미국이 키워서 데려온 이승만이 남북 통일국가 수립을 거부하고, 국토분단을 전제로 남한 단독정부 수립을 획책한 것도 이승만 자신의 권력욕 때문이기도 하지만, 그 배후에는 미국의 한반도 분단정책이 있었지요."

리영희는 이승만을 미국의 앞잡이로 보았다. 《대화》에서 그는 이승만에 대한 평가를 다음과 같이 하고 있다.

"이승만의 애국심은 자기중심적이고, 자기야심 충족, 즉 권력 획득의 한 방편이다. 이승만은 타협이나 관용을 모르는 전제주의 제왕형이었다. 그가 미국에서 교육을 받았음에도 불구하고 그가 성장한 과정과 정치인으로서의 행적을 볼 때 민주적인 나라를 만들려고 했다기보다는 왕조체제 같은 한국을 상상했다."

그는 《새는 좌·우의 날개로 난다》에서 이승만을 이렇게 평가하기도 했다.

"이승만은 민족의 통합보다 분열을 중시하고, 남북의 화합을 극렬히 반대하고, 자기의 패권을 위해서는 수단과 방법을 가리지 않는 정치인이었다. 이승만은 권모술수에 능한 사람으로서 상하이(上海)임시정부나 그 밖의 해외 독립운동에서 분파주의, 패권주의자로 지탄을 받았던 사람이다. 임시정부에서도 총통을 주지 않으면 반드시 이탈하고 깽판치고 했던 그런 위인이다. 그래서 그는 임정생활을 다하지 못하고 절교가 되어 미국에 들어가 프린스턴에서 박사과정을 밟게 되었다."

리영희의 분석에 의하면, '이승만은 철저한 미국 숭배주의자로서 사회주의와 공산주의는 물론 초보적인 사회개혁도 적대시 했다'고 한다.

그는 《자유인, 자유인》에서 광복 이후의 상황을 다음과 같이 서술하고 있다.

"광복 직후와 대한민국 수립으로 시작되는 민족 광복의 시기를 전후하여 우리는 이 땅에서 날뛰는 반(反)민족주의자들과 반(反)통일주의자들의 모습을 보았다. 이승만이라는 반민족 광신주의자의 정치적 욕망이 충족되는 것과 정비례해서 이 민족의 분단은 굳어졌고 이 사회의 민주주의 실현의 염원은 멀어져 갔던 것이다."

이런 관점을 견지하고 있는 리영희의 북한관은 따져보지 않아도

자명하다.

김일성(金日成) 체제의 인권탄압과 경제난이 불거져 나오던 1994년에 발간된 《새는 좌·우의 날개로 난다》에서 리영희는 북한에게 도덕적으로 높은 점수를 주고 있다.

"남쪽 사회는 외세의존과 상당한 국가주권을 양도한 대가(代價)로 얻어진 것이다.

북쪽은 반대의 철학으로 나라 만들기를 서두른 결과 높은 민족적 자존과 사회구성원 상호 간의 도덕적 생존양식, 그리고 동포애가 감도는 순박한 인간형 등의 사회를 실현했다. 이러한 사실은 많은 공평한 관측자, 방문객들에 의해서 그 측면의 사회적 선(善)이 확인되었다."

1994년 전쟁 위기로 치닫던 북한 핵(核)문제에서도 그는 북한의 편에 섰다.

북핵(北核)은 미국 책임

그는 1991년 7월 북한이 원자력기구와 개별협상에 가서명한 것을 환영하면서, "그럼에도 불구하고 위험이 가시지 않고 있는데 이는 북한 핵보다는 더욱 위험스러운 미국이라는 원인이 있다"고 했다. 소위 '북한 핵'의 원인과 책임은 북한에게만 있는 것이 아니라, 남한과 미국도 같은 책임을 지니고 있다는 것이다.

그는 "북한이 핵을 가지고자 하는 것은 이러한 미국의 위협 앞에 공포감을 지닌 북한의 이유 있는 행위"라고 주장했다. 노무현 대통령이 "북한의 핵보유는 일리가 있다"고 한 발언은 리영희의 주장을 그대로 이어받은 것이다. 모두가 알다시피 노무현은 '정신적인 386'의 한 멤버이기 때문이다.

리영희의 잘못된 예언과 역사인식

[문화대혁명]−문화대혁명은 '10년 동란'

리영희가 극찬했던 인류사상 최초의 거대한 '인간개조 실험'인 문화혁명은 실패했다. 애초부터 잘못된 가정에 입각한 오류였다. 문화혁명이 끝난 지 40년이 지난 지금 문화혁명에 대한 평가는 당시 리영희가 보았던 것과는 정반대다.

홍위병들의 폭력에 의한 철저한 인간성 파괴와 문화파괴가 만연했고, 사회적 생산력의 저하에 따라 중국 인민은 고통을 겪었다. 중국 인민들은 이제 문화혁명을 '10년 동란'이라고 부른다.

미국의 대표적인 중국 역사학자인 조너선 D. 스펜스 교수는《무질서의 지배자 모택동(毛澤東)》에서 문화혁명 당시의 사회상과 폭력성을 기술하고 있다.

"문화대혁명에서 희생된 사람의 수는 수백만에 이를 것으로 추측된다. 살해된 사람도 있었고 자살한 사람들도 있었다. 불구가 되거나 평생토록 치유되지 못할 정신적 상처를 입은 사람들도 있었다."

리영희는《대화》에서 문화혁명에 대한 자신의 오류를 변명했다.

이를 요약하면 '당시 나는 문화혁명의 전모를 다 파악하지 못했다'는 것이다. 지식인으로서는 도무지 취할 수 없는, 무책임하기 짝이 없는 태도이다.

전모를 다 알지도 못하면서 그렇게 확신을 가지고 '인류사상 최대의 사건'이라고 떠들었다는 말인가? 당시 그의 선전에 경도되어 잘못된 사상과 인식으로 자신의 젊음을 소모한 사람에 대해 뭐라고 한마디 해야 할 것 아닌가?

리영희는 중국의 문화혁명을 남한 사회의 독자들에게 전할 때, "자본주의 사회의 병든 생활방식과 존재양식에 대해서 대조적인 삶을 제시하고 싶었다"고 했다.

덩샤오핑(鄧小平)은 사회주의 실험의 실패를 스스로 인정하고 자본주의 방식의 개혁·개방 노선으로 전환했다. 리영희 자신이 평생을 두고 혐오했던 시장경제와 자유민주주의야 말로 완전하지는 않지만, 인류가 발견한 최선의 제도라는 사실은 입증됐다.

[리영희의 비뚤어진 대한민국관(觀)]

리영희는 대한민국의 건국과 이승만에 대해 다음과 같은 견해를 가지고 있다.

① 미국이 분단의 원흉이며, 미국은 남한을 식민지화(化)·군사기지화(化)하려 했고, 처음부터 남한에 분단정권을 수립하려 했다.

② 이승만은 미국의 앞잡이다. 이승만의 남한 정부수립 운동은 민족분단을 목적으로 한 것이며, 미 군정은 처음부터 이승만의 남한 정부수립 운동을 지원했다.

③ 대한민국은 미국의 앞잡이들과 친일파들에 의해 건국되었다.

④ 한미동맹은 미국에 대한 예속의 결정판이다.

⑤ 이승만 정권은 사회제도 개혁을 거부했다.

⑥ 이승만은 상해임시정부와 해외독립운동에서 비난받았던 분파주의자다.

소련 붕괴 이후 각종 기밀문서가 알려지면서 위의 주장들은 근거가 희박하거나, 일방적인 주장임이 드러나고 있다.

리영희의 한국현대사에 대한 견해는 대부분 미국의 수정주의 역사관을 무(無)비판적으로 수용한 것이다. 또한 북한의 '반제(反帝)·반(反)봉건 민주주의혁명론'의 이론구조와 유사하다.

[군사분계선을 통치분계선으로 변질시킨 것은 소련]

미국이 한반도 분단의 원흉이라고 보는 견해는 그 주장의 근거로 미국이 38선을 획정했으며, 미국이 남한을 식민지화·군사기지화하려 했고, 처음부터 남한에 분단정권을 수립하려 했다고 한다.

미국이 소련군과 분할 점령을 위해 군사분계선으로 38선을 책정한 것은 이론의 여지없는 사실이다. 그러나 미국이 38선을 책정한 사실이 곧 한반도 분단에 대한 미국의 책임으로 연결되는 것은 아니다.

이는 제2차 세계대전 종전(終戰) 직후의 서독과 오스트리아에서 확인된다. 서독에는 미·영·불(美·英·佛) 군대 간의 군사분계선이 있었고, 오스트리아에는 미·영·불·소(美·英·佛·蘇) 군대 간의 군사분계선이 있었으나 그것이 곧바로 국토분단을 초래하지는 않았다.

광복 직후 남한을 점령한 미국은 38선을 순수한 군사분계선으로 유지하려고 했던 데 반하여, 북한을 점령한 소련은 38선을 통치분계선으로 변질시켰다. 소련군은 북한지역을 점령하자마자 38선을 경계로 하여 남한지역과의 교통·통신을 단절하여 남북 주민 간의 자유로운 교통·통신을 금지시켰다.

스탈린은 1945년 9월 20일 비밀지령에서 북한에 독자적인 공산정권의 수립을 지시했다. 이에 따라 소련 점령군 사령부는 10월 8일부터 10일까지 평양에서 북조선5도인민위원회 대표자대회를 소집하고, 이어 이북5도행정위원회를 수립한 뒤 산하에 10개 행정국을 두었다. 이는 북한에 이미 별개의 정부가 들어선 것이다.

소련은 김일성을 내세워 북한지역에서 1946년 2월에 토지개혁과 중요산업의 국유화를 골자로 하는 이른바 '민주개혁'을 단행했다. 뿐만이 아니다. 미군은 미·소(美·蘇)공동위원회를 비롯하여 몇 차례 단절된 남북 간의 교통·통신을 회복하고 남북한 자유로운 왕

래와 상거래를 회복할 것을 소련군에 제의했으나 소련군은 일절 응하지 않았다.

미국이 남한지역을 식민지화·군사기지화하려 했고, 처음부터 남한지역에 분단정권을 수립하려 했다는 주장도 사실과 다르다. 미국은 처음부터 남한의 전략적 가치를 낮게 평가했다.

이는 미국합동참모본부가 1947년 9월 22일에 작성한 평가서에 나타나 있다. 미국은 1948년 남한에 통일정부 구성이 불가능해지자 서둘러 남한에 정부를 수립하고 주둔미군을 조속히 철수하고자 했다.

미국은 대한민국 정부가 수립된 지 한 달밖에 지나지 않은 9월 15일부터 주한미군 철수를 비밀리에 개시하여 1949년 6월 29일 군사고문단 500명만을 남기고 철수를 완료했다.

미국은 1947년 여름까지 남한에 단독정부를 수립하려는 노력을 적극적으로 저지해 왔다.

미 군정은 이승만과 김구를 제외한 좌우(左右)합작운동을 주도했고, 과도입법 의원에도 이들을 배제했다는 데서 확인된다. 미 군정은 1947년 4월에 이승만의 정부수립 운동을 저지하기 위해 그를 연금하기까지 했다. 미국이 남한의 단독정부 수립을 결심한 것은 제2차 미·소공동위원회가 남한 내 우익진영을 배제하자는 소련의 주장으로 결렬된 직후인 1947년 9월 이후이다.

한반도 분단을 기획하고 먼저 추진한 것은 소련이고 이에 동조한 김일성 정권이다.

[이승만(李承晚)과 미(美) 군정은 대립관계였다]

리영희는 "이승만은 미국이 키워서 데려온 자이며 미국의 지시에 따라 단독정부를 수립했다"고 주장했다. 이는 사실관계와 다르다.

이정식 교수의 논문에 따르면, 이승만은 그의 철저한 반공노선 때문에 미국 정부의 주무부서인 국무부와 사사건건 대립했다.

소련 붕괴 후 밝혀진 비밀문서에 따르면 그 당시 미 국무부에는 소련의 첩자들이 침투해 있었다. 히스 특별정치국장과 빈센트 극동국장 등이었다. 이들은 이승만에 비우호적이었다.

이들 관리들의 작용으로 인해 미 국무성은 임시정부에 대한 미국의 승인을 얻어 내려는 이승만의 청원활동을 묵살했고, 재미동포 사회에서 이승만에 도전적이고 공산주의자와 연계되어 있던 한길수와의 합작을 종용하고 그와 가까이하고 이승만을 멀리했다.

광복 후 이승만이 귀국하려고 할 때 미 국무성의 고의적인 지연으로 40일이 지난 후에야 홀로 김포공항에 입국했다.

이승만은 1946년 6월 '정읍발언'을 통해 남한만이라도 독자적인 정부를 수립할 것을 주장했다. 이는 미국의 지시에 따른 것이 아니다. 미 군정은 오히려 이승만을 강력히 비난했다.

[대한민국 건국 과정에서 친일파(親日派) 배제]

리영희는 "이승만과 더불어 대한민국의 건국을 위해 활동한 한민당이 친일파 집단"이라고 주장했다. 한민당에 친일 활동을 했던 사람들이 상당수 참여했다는 것은 부인할 수 없는 사실이다.

광복 직후 친일파 숙청을 강하게 주장했던 좌익진영의 통일전선기구인 민주주의 민족전선(이하 民戰)은 친일파를 '일본제국주의에 의식적으로 협력한 자들'이라고 정의하고 있다.

이러한 민전(民戰)의 친일파 정의를 기준으로 할 때 한민당에 참여한 친일 경력자들을 모두 친일파로 규정하기는 어렵다. 그들 대부분이 스스로의 의지에 의해 친일 활동을 한 것이 아니라, 일제의 강요와 일제말기 사회단체나 기관의 책임자였기 때문에 마지못해 일제가 조직한 단체의 임원에 포함되었거나 친일적인 연설을 하고 글을 썼던 인사들이다.

좌익의 여운형 또한 상당한 친일 활동을 했던 사람이다. 그러나 그를 친일파라고 부르지는 않는다. 이들에게도 같은 기준이 적용되어야 한다. 실제로 한민당에는 명백하게 '친일파'로 규정될 만한 인사는 거의 참여하지 않았다.

대한민국의 건국과정에서 친일파를 배제하려는 의식적인 노력이 전개되었다. 대한민국 건국세력은 5·10 선거를 실시하기 위한 선거법을 제정함에 있어서 친일 부역자들의 피(被)선거권은 물론 선거권까지 박탈하는 조항을 포함시켰다.

또한 이승만은 첫 번째 내각을 구성함에 있어서 친일 경력자를 철저히 배제했다. 대한민국 건국 후 관료기구와 경찰 및 군대조직에 일제하(下)에서 관료와 경찰 및 장교를 지낸 사람이 많은 것은 사실이다. 그러나 이들이 건국의 주도세력은 아니었다.

레닌도 러시아혁명 직후 차르 치하의 관료를 그대로 썼다는 사실은 건국과정에 있어서 숙련된 행정가와 관료의 도움이 절실하다는 사실을 입증해 준다.

[한미(韓美)동맹은 이승만(李承晩) 외교의 승리]

리영희는 한미동맹을 들어 대한민국이 미국의 식민지라고 말했으나 미국은 애초에 한미동맹을 맺으려는 생각이 없었다.

리영희는 〈새는 좌·우의 날개로 난다〉는 글에서 한미상호방위조약이 미국이 원치 않았음에도 불구하고 맺어진 조약이라는 사실을 인정하고 있다. 그러나 글의 제목에서는 이를 북진통일과 예속의 이중주라고 표현함으로써 사실을 왜곡하고 있다.

1953년 3월 미국 정부는 중공군의 개입으로 교착상태에 빠진 한국전쟁을 정치적인 해결, 즉 휴전협정을 맺고자 했다. 이승만은 휴전의 전제조건으로 한미방위조약의 체결이 우선되어야 한다고 고집했다. 이승만은 이를 관철하기 위해 1953년 6월18일 일방적으로 반공포로를 석방하는 강수를 두었다.

미국은 독자적인 북진(北進)통일을 주장하고 휴전에 비협조적인 이승만을 제거하려는 계획을 세우기도 했다. 그러나 미국은 결국 휴전협정에 반대하는 이승만과 타협하기 위해 그가 요구하는 군사 방위조약을 맺을 수밖에 없었다.

한미상호방위조약은 1953년 11월 17일 정식으로 발효되었다. 이 조약을 통해 미국은 휴전의 성립과 이승만이 주장했던 단독 북진 무력통일을 견제하는 데 성공했고, 반면에 이승만은 공산주의 세력과 일본의 팽창주의로 인해 위협받고 있는 대한민국의 안보를 미국으로부터 보장받는 데 성공했다.

한미상호방위조약은 그 후 대한민국의 산업화와 민주화를 이루는 가장 큰 밑받침이 됐다. 이 조약으로 인해 지난 반세기 동안 한반도에 전쟁이 없었다.

[이승만(李承晚)의 성공한 개혁들]

리영희는 이승만과 집권 친일세력은 당시 민중들의 사회제도 개혁을 거부했고 해방정국 당시의 혼란은 이에 대한 민중들의 저항으로 야기되었다고 주장했다. 이 또한 사실관계와 다른 주장이다.

1945년 광복 당시 대한민국 사회제도 개혁의 가장 큰 과제는 농지개혁이었다. 이승만은 농지개혁에 적극적이었고 그에 의해 이루어진 농지개혁은 북한이 단행한 농지개혁보다 훨씬 성공적이었다. 그 결과 6·25 전쟁 당시 '농지는 농민에게'라는 북한의 선전활동이 농민들에게 통하지 않았다.

이승만의 개혁의지는 1948년 3월 20일 친구이자 정치고문인 올리버에게 보낸 그의 편지에서도 확인된다.

"정부를 갖게 되면 우리는 이 나라를 엄청나게 자유화시킬 것입니다. 한국의 파시스트, 반동세력 그리고 극우파 운운하던 사람들은 그것을 보고 대경실색할 것이오. 농지개혁법이 가장 먼저 제정될 것이고, 다른 많은 자유주의적 조치들도 차례로 단행될 것입니다."

이승만은 정부 수립 후 과거 공산주의자였던 조봉암(曺奉岩)을 초대 농림부 장관에 임명했다. 그 이유를 그는 평소 농지개혁을 역설해 온 조봉암을 통해 농민을 장악하기 위해서라고 밝히고 있다.

최근 연구 결과에 따르면 전쟁이 터지기 전인 1950년 3~5월 사이에 적어도 70~80% 정도 농지 분배가 단행되었다.

이승만은 6년제 의무교육제도를 도입하고 중·고등학교 및 대학교를 대폭 증설해 광복 당시 75%의 문맹률이었던 대한민국이 문자 해독률이 가장 높은 나라로 변모하는 데 기여했다.

이승만이 대통령에서 물러날 무렵 대한민국의 대학 진학률이 영국을 앞질렀다. 1950년대에 추진한 교육개혁 덕택에 1960년대 이후 박정희 시대의 '경제 기적'이 가능했던 것이다.

[이승만(李承晚)은 좌익(左翼)도 인정한 민족지도자]

이승만은 1919년 3·1 운동이 진행되기 이전에 이미 조선의 많은 백성들의 지지를 받고 있는 인물이었다. 3·1 운동 직후 발표된 국내와 해외의 8개 임시정부 중 6개 정부에서 이승만을 집정관 총재 또는 대통령으로 추대하고 있다.

일제하에서 조선의 백성들에게 이승만의 해외독립활동은 널리 알려져 있었다.

1945년 9월 광복 직후 공산주의자 박헌영에 의해 주도되었던 조선인민공화국 각료명단에 이승만은 대통령격인 주석에 추대되어 있다. 만일 리영희의 표현대로 이승만이 분열주의자이고 해외활동이 형편없었다면, 좌익이 주도한 정부 각료 명단에 그 이름이 올랐을 이유가 없다.

리영희의 주장에는 심각한 사실왜곡이 있다. 그의 주장에 따르면 상해임시정부의 활동이 여의치 않자 미국으로 건너가 공부를 한 것으로 되어 있다. 사실은 그렇지 않다. 이승만이 미국에 건너가 공부하게 된 것은 그의 나이 서른이 되던 해인 1905년이었다. 상해임시정부는 1919년 3·1 운동 이후 설립됐다.

[대한민국사(史)는 성공한 역사]

대한민국은 기회주의 세력이 득세한 나라고 정의가 패배한 나라고 역사의 후퇴를 가져온 실패한 국가인가.

대한민국의 역사는 유례가 없는 성공의 역사이다. 전세계 제3세계 나라들에 벤치마킹의 대상이 되고 있는 나라이다. 중국 근대화의 기수였던 덩샤오핑이 가장 존경했던 인물이 박정희 대통령이었다는 것은 널리 알려져 있다. 오늘날 대한민국의 산업화 방식은 근대화를 꿈꾸는 나라의 확실한 대안(代案)으로 인정되고 있다.

유엔개발기구에서 1960년부터 1996년까지 36년간 세계 174개국의 평균 경제성장률을 조사한 통계자료가 있다. 그에 따르면 174개국의 36년간의 지표에서 한국이 평균 성장률 7.1%로 세계 1위이다.

전쟁 직후 대한민국은 세계 최빈국 중 하나였다. 그러나 지금은 세계 10대 무역국이고, 강대국형 산업구조를 지닌 자랑스러운 조국이다.

일부에서는 경제는 성장했으나 부(富)의 분배가 제대로 되지 않았다고 비판하기도 한다. 이것도 사실과는 다르다.

IMF 외환위기 직전까지 세계은행에서 조사한 부의 분배지수에서도 대한민국은 상위권에 올라 있다. 부의 분배가 잘되고 경제성장률이 높은 나라가 가장 이상적인 모델의 국가발전을 해온 나라이다. 대한민국은 조사된 나라 가운데 성장과 분배의 문제를 동시에 해결한 나라 중 상위권에 올라 있다.

반면 북한을 보자. 북한은 조사할 수 있는 각종 통계에서 세계 최하위에 머물러 있다. 종교·거주이전, 심지어 직업의 자유도 없다. 지금 북한은 외부의 식량지원이 없으면 살 수 없는 나라가 됐다. 우리 민족의 역사에 이보다 더한 수치가 어디 있으며, 민족의 자존을 훼손하는 사례가 있단 말인가?

　리영희와 좌파(左派)는 더 이상 사실을 속여서는 안 된다. 거짓과 왜곡으로 진실의 하늘을 가릴 수는 없다.

　(월간조선, 2005년 9월호)

Ⅲ

왜 다시 **전대협**에 주목해야 하는가?

한국을 반미(反美) 기지로 만든 전대협

-1980년대 학생운동의 주역 전대협과 민족해방인민민주주의혁명론(NLPDR)

왜 다시 전대협에 주목해야 하는가?

1980~90년대 한국의 학생운동은 '전대협'(전국대학생대표자협의회의 약칭)과 그의 후신인 '한총련'(한국대학총학생회연합의 약칭)이 주도한 시대였다. 한국 학생운동은 전 세계적으로 그 유래를 찾아보기 어려울 만큼 격렬하고 그 규모가 압도적이었다.

1987년 6월 민주화 투쟁은 학생운동권이 전면에서 주도적으로 끌어갔다. '민주헌법쟁취국민운동본부'가 형식적으로 투쟁 지도부 역할을 했으나 대중동원력과 투쟁의 강고성에서 학생운동에 필적할 세력은 아무도 없었다.

당시 명동성당과 시청 앞을 점거하고 시위를 주도한 것은 각 대학 총학생회였다. 연일 각 대학교 총학생회는 학교별로 학내 시위를 벌이고 오후에 맡은 지역으로 이동하여 가두시위를 조직했다. 학생시위대들은 '호헌(護憲)철폐, 독재타도'를 전면에 내걸고 시민들의 동참을 호소했다.

학생들의 가두시위는 일반 시민들의 동참을 가져왔다. 삽시간에 시청 앞이 시위대에 점령당하는 것은 당시 일상적인 풍경이었다. 학생운동 지도부들은 이전 학생운동권이 시민과 유리된 과격한 구호를 전면으로 내세우던 경향과는 달랐다. 오로지 시민들과 일반 학생들의 정서에 크게 벗어나지 않는 투쟁구호와 방식을 고수했다.

학생들의 시위와 일반 국민들의 여론 악화를 견디지 못한 전두환 정부는 결국 호헌 방침을 철회하고 노태우 민정당 대표의 6·29 선언을 수용하는 형식으로 민주화의 진전을 이루는 조치를 취하게 된다.

'한국 정치의 중심'이 된 전대협

전대협의 신화는 여기서부터 시작되었다. 이들은 1987년 6월 투쟁을 선두에서 이끌었고, 민주화의 진전을 이뤄낸 주역으로 평가되었다. 연일 계속되는 학내시위와 가두시위는 수많은 학생운동의 투쟁영웅과 지도부를 탄생시켰다. 이들은 6월 투쟁 과정에서 노련한 대중선동가이자 대중투쟁의 지도부로 성장했다.

30여 년이 흐른 지금, 당시 학생운동 지도부는 우리 사회의 주역으로 성장하여 더불어민주당(이하 더민주) 지도부에 그들의 이름을 내걸고 있다. 더민주 지도부뿐만이 아니다. 국회의원, 당료, 실무자, 보좌관 등 더민주 곳곳에서 학생운동권 출신이 주축을 이루고 있다. 학생운동 지도부가 대한민국 야당의 중심부를 장악하고 한국 정치의 중심으로 진출해 있는 것이다.

이들은 이제 변방의 소수가 아니다. 언론계, 출판계, 문화계, 법조계, 여성계, 시민운동 단체, 노동운동계, 농민운동계 등 우리 사회 곳곳에 지지 그룹을 가진 가장 강력한 집단으로 성장했다.

전대협 출신의 학생운동 그룹은 현재 대한민국에서 가장 강력한 영향력을 가진 집단이라고 평가해도 과장이 아니다. 따라서 이들이 과연 어떤 사상과 관점을 지니고 있는가의 문제는 우리 사회의 행로를 예측할 수 있게 해주는 중요한 문제다.

전대협 출신들의 정치적 지향점과 특징은 노무현 정부 시절에 이미 적나라하게 드러났다. 이들이 활약한 소위 진보정권 시대서부터 한미동맹은 급격히 약화되기 시작했다.

우리 국민들 사이에 남북 분단의 원인을 미국이 제공했다는 터무니없는 날조된 망발을 사실로 받아들이는 경향이 점차 강해지고, 오늘날 남북한 간의 갈등의 배경이 미국의 강경정책 탓이라고 생각하는 국민들의 수가 과거에 비해 급증했다. 만연된 반미(反美)감정은 우리 국력이 성장한 만큼 우리 목소리를 가져야 한다는 것으로 인식하기에는 그 도를 넘어서고 있다.

반면에 북한 정권에 대한 근거 없는 낙관론이 주도적인 흐름으로 자리 잡고 있었다. 심지어 노무현 대통령은 대한민국 국민의 목숨을 위협하고 있는 북한 핵에 대해 두둔하기까지 했다. 노무현 정부 이후 현재까지 전대협 출신이 북한 핵문제에 대해 우려를 표시하거나 문제를 제기하는 발언을 들어본 적이 없다.

전대협 세대의 특징은 북한에 대해서는 기이할 정도로 관대하다. 국제사회가 그 심각성을 공감하고 있는 북한 동포들의 인권문제에 어느 누구나 진지하게 문제를 제기하고 해결을 촉구했다는 말을 들어본 적이 없다. 오히려 북한 인권문제는 북한 내부의 시각으로 봐야 한다는 궤변을 늘어놓는다.

반면에 미국에 대해서는 지나치게 적대적이다. 해방 이후 대한민국의 역사가 자랑스러운 승리의 역사가 아니라, 오욕과 굴절로 얼룩진 수치의 역사라는 좌파들의 주장에 이르러서는 우리 사회가 수용할 수 있는 한계를 벗어나고 있다.

이들의 이런 관점과 태도는 어느 날 갑자기 나타난 것이 아니다. 이들의 현실 인식은 1980년대 이후 지속적으로 진행된 좌파적 사회운동 과정에서 형성된 것이고, 30년이 지난 현재에 이르러서도 그 근본이 바뀌지 않은 채 곳곳에서 집단적으로 표출되고 있다.

그동안 우리 사회는 이들에 대해 권위주의적 정권에 저항하는 민주화운동이며, 사회가 선진화를 위해 치르는 대가 정도로 생각하여 관대하게 바라봤다. 좌파적 사회운동에 대한 주류사회와 지식인 사회의 안이하고 무사 안일한 대응으로 인해 이들은 우리 국민들의 인식의 혼란을 효과적으로 이뤄 냈다.

다수 국민들은 좌파적 사회운동의 실체를 제대로 파악하고 있지 못하며, 문제의 심각성을 잘 깨닫고 있지 못하다. 현재 진행되고 있는 우리 사회의 분열과 갈등의 핵심에는 아직도 1980년대식 좌파적 사고에 절어 있는, 이제 우리 사회의 주류가 된 세력의 편향된 인식에 그 원인이 있다. 이글은 그 편향된 인식의 현장으로 시계를 되돌려 살펴봄으로써 올바른 대처 방안이 나왔으면 하는 바람으로 시작하고자 한다.

전대협의 탄생 과정

전사(前史)

1980년대 학생운동은 그 이전의 학생운동과 민주화운동과는 내용면에서 확연히 구분된다. 1970년대 학생운동은 서울대 중심의 소수를 제외하고는 인권과 민주주의 실현이라는 소박한 차원의 학생운동이었다.

그러나 1980년대에 들어서서 학생운동은 마르크스 레닌주의를 적극 받아들이고, 1980년대 중반에 이르러서는 주체사상과 혁명론을 수용하기에 이른다. 물론 그 이전에도 소수의 서클 차원에서 마르크스 레닌주의를 학습했으나, 1980년대처럼 공개적이고 대중적으로 이뤄지지는 않았다.

현재 우리 사회의 주도적 그룹인 전대협의 탄생을 이해하기 위해서는 이전에 진행되어온 학생운동 내부의 논쟁에 대한 이해가 있어야 한다. 여기서는 1980년대 중반에서부터 이뤄진 NL(National Liberation, 민족해방) 계열의 학생운동을 중심으로 살펴보고자 한다.

1) 깃발-반(反)깃발 논쟁

전두환 정부는 1983년 말, 이전의 시위로 구속되었던 학생들을 석방하고 반(反)정부 인사들에 대한 사면 복권을 단행했다. 1984년 2월에는 정치활동 피규제자에 대한 2차 해금(解禁)과 학원에 상주하던 경찰 병력을 철수하고, 학생회의 부활을 허용하는 학원자율화 조치를 단행했다.

1984년 상반기부터 1985년 상반기까지 수도권의 학생운동권 내부에서는 정부 당국의 조치에 대한 학생운동의 방향성을 둘러싸고 치열한 논쟁이 지속되었다. 이것을 깃발-반(反)깃발 논쟁 혹은 'MT-MC논쟁'이라고 불렀다.

이 명칭은 1983년 12월 학원자율화 조치 이후 석방되어 다시 학교로 돌아온 복학생들을 중심으로 '깃발'이라는 팸플릿을 통해 당시 학생운동을 주도하고 있던 그룹에 대해 문제를 제기하면서 연유한다. 논쟁은 1985년 상반기 정치투쟁조직 건설 문제를 놓고 이론적 대립을 계속하면서 MT-MC논쟁으로 이어갔다. MT란 민주화투쟁위원회의 머리글자를 지칭하며, MC란 Main Current, 즉 주도세력이란 뜻이다.

학원자율화 조치 초기인 1984년 초, 당시 학생운동 주도그룹은 곧바로 반정부 투쟁에 나설 것이 아니라 전두환 정부의 허용공간을 최대한 활용하여, 먼저 학내에 학원자율화추진위원회를 구성하여 학원자율화 투쟁을 이끌고, 투쟁성과를 바탕으로 단계적으로 전두환 정부에 대한 정치투쟁으로 발전시켜야 한다는 입장이었다. 이는 이전의 단계적 투쟁론인 이른바 '무림'의 입장을 계승한 것이다.

반면 깃발 혹은 MT그룹은 학생운동의 선도적 투쟁과 이를 통해 광주 투쟁에서 보이듯이 전(全)민중적 투쟁으로 발전시켜야 한다는 '학림'의 입장을 계승하여 사상과 이념을 보다 분명히 하는 투쟁위원회가 학생회를 이끌어야 한다는 입장이었다.

이때 NDR(Naional Democratic Revolution, 민족민주혁명론) 이념을 수용한 이 그룹은 지하의 '중앙투쟁위원회' 산하에 반(半)공개 투쟁조직인 삼민투(민중민주화와 민족자주통일을 위한 투쟁위원회) 건설을 시도했다.

이에 대하여 MC그룹은 절충안을 내놓아 1985년 5월 7일 서울대에서 양 진영 연합으로 삼민투가 결성되었다. 곧 이어 연세대, 고려대, 성균관대, 서강대 등에서도 결성이 이뤄졌다. 이후 삼민투는 5월 23일 서울대, 연세대, 고려대, 성균관대, 서강대 등 5개대 73명의 학생이 미 문화원 점거 농성을 감행했다.

1985년 여름 민주화추진위원회 사건으로 MT그룹 지도부가 대거 검거된 후 MT그룹의 잔여세력과 MC그룹이 통합을 추진하여 소위 '깃발-반깃발'논쟁은 일단락되었다.

2) C-N-P 논쟁

1984년 겨울에서 1985년 봄에 걸친 기간 동안 재야 운동권과 학생운동권 내에서는 정부의 자율화 조치에 대한 정세인식과 마르크스 레닌주의 이론에 입각한 한국 사회의 성격과 발전단계, 모순구조와 혁명의 대상, 혁명 주요 동력의 설정과 역량편성 등을 놓고 소위 C-N-P 논쟁을 벌이게 된다.

C-N-P란 CDR(Civil Democratic Revolution, 시민민주혁명론), NDR(National Democratic Revolution, 민족민주혁명론), PDR(People's Democratic Revolution, 민중민주혁명론)의 머리글자에서 따온 용어다.

C-N-P 논쟁은 민주화운동청년연합 등 공개기구 운동가들 사이에서 먼저 시작되었다. 이 논쟁은 처음부터 완전한 이념체계를 갖춘 것은 아니었으며, 논의가 확산되면서 CDR, NDR, PDR 등의 용어로 집약되어 갔다.

이상 세 가지 입장을 좀 더 도식화하면서 CDR, NDR, PDR 개념으로 공식적인 논의가 진행된 것은 1984년 4월경 민주화운동청년연합의 '운동론 세미나' 과정이었다. 이 세미나에서 당시 민청련

정책실장이던 이을호는 주제 발표를 통해 세 가지 운동론을 소개
했다.

'CDR론'은 당시 종속이론을 근거로 한국 사회를 주변부 자본주
의로 보았다. 한국 자본주의는 종속성과 파행성이 관철되고 있기
때문에 한국 사회의 모순을 느끼는 계층은 노동자 등 기층민중뿐만
이 아니라, 영세 자영업자, 민족자본가 등 다양하다는 것이다.

따라서 외세와 군사독재 권력과 다양한 계층 간의 대결이 현 단
계 운동의 성격이다. 민주적 민간정부를 수립하고, 그 과정에서 기
층민중운동 역량을 강화해야 한다는 것이다.

'PDR론'은 한국의 사회구성체를 국가독점자본주의로 파악하고
있다. 한국의 자본주의는 초기의 파행적 성격에도 불구하고 1970
년대 산업자본의 확립을 거치면서 자본주의적 발전단계로 나아가
고 있다는 것이다. 이 입장에서는 한국혁명운동의 주력은 노동자,
농민 등 기본대중과 혁명적 지식인이라고 주장한다.

한국 사회의 주요 모순은 독점자본을 물적 토대로 하는 제국주
의 및 군부 파쇼세력과 보수 야당을 한편으로 하고, 기층민중과 혁
명적 지식인을 한편으로 하는 양자 간에 형성된 모순으로 보고 있
다. 이 입장에서는 당면과제를 독점자본 및 그 유지세력인 군사독
재 권력의 타도에 두고, 그 후 기층민중이 주체가 되는 민중권력을
수립해야 한다고 봤다.

'NDR론'은 한국사회구성체를 신식민주의적 독점자본으로 파악

하고 있다. 이 입장에서는 한국의 자본주의는 스스로 발전을 하기도 전에 세계 자본주의 체제에 깊숙이 편입됨으로써 신식민주의적 종속성이 심화되었으며, 그 상태에서 상업자본이 산업자본으로 발전했고 국가권력의 비호 아래 자본의 집적과 집중이 이뤄져 독점자본이 형성되었다는 것이다.

결국 주요 모순은 민족적 모순과 국가 파쇼적 모순이 중첩되었다고 본다. 여기서 기층운동이 강화되는 조건에서 중간계층과 연대하여 민주적이고 민족적인 범 세력 연합권력을 창출한 다음 사회주의 혁명으로 나가야 한다는 것이다.

당시에는 현 단계 한국변혁이론으로 NDR론이 주류를 이루면서 CDR론은 우익 기회주의 이론으로, PDR론은 좌익 급진주의 이론으로 이해하는 경향이 우세했다.

서울대 학생운동의 배후 인물로 민주화추진위원회를 주도했던 문용식은 자신의 최후진술에서 NDR론이 자신들의 지도 이념이며, 한국혁명운동의 민족적 성격을 표현한 개념으로 운동의 주체적인 면에서 PDR이라고 해야 한다고 밝히고 있다.

다만 NDR론에서 민중은 기층민중 뿐만 아니라 청년 학생, 진보적 지식인, 중간층 일부까지를 포괄적으로 지칭하고 있다는 점에서 기층민중만을 지칭하는 PDR의 민중과는 차이가 있다는 것이다.

이 시기 진행된 학생운동의 논의과정은 한국의 학생운동이 사회주의 사상과 이론의 수입과 모색기를 거쳐 본격적으로 한국사회혁

명운동 이론으로 적용되고 있음을 보여주고 있다. 당시 좌파 학계
에서 진행되던 사회구성체 논쟁과 맞물리면서 초기의 초보적 수준
에서 벗어나 한층 발전된 형태로 진행되었다.

운동권, 주체사상 세례받다
–주체사상 받아들인 운동권, 극좌 성향의 투쟁에서 벗어나 대중
과의 호흡 중시

주체사상 도입과 자민투-민민투에서 건국대 사태까지

1985년 말부터 1988년까지 진행된 이 시기의 학생운동은 이전
까지 학생운동과는 전혀 다른, 새로운 양상으로 전개된다. 가장 특
징적인 것으로는 운동의 지도사상으로 북한의 주체사상을 수용하
고, 그 혁명노선을 학생운동에 적용한 것이다. 1985년까지 학생운
동은 자생적 사회주의 혁명론자들이었으나, 이 시기부터 학생운동
은 주사파가 장악하여 학생운동의 대세를 형성한다.

주체사상의 학생운동 내의 수용과정은 1983년에 학원가에 유포
되었던《예속과 함성》이 그 시작이었다. 1985년 9월 당국에 의해
구미 간첩단 사건의 주범(主犯)으로 밝혀진 김성만, 양동화 등이 북

한 혁명론을 남한의 학생운동에 소개한 것이다. 이들은 책자에서 한국은 1945년 이래 미국의 식민지이며, 한국의 군부독재 정권은 미국에 의해 양성·조종되는 괴뢰정권이라고 주장했다.

이 책자는 당시 학생운동에 큰 충격이었다. 그러나 아직 이런 주장은 학생운동 내에서 본격적으로 수용되지는 않았다.

주체사상의 본격적인 수용은 《강철서신》으로 알려진 김영환의 단재사상연구회로부터 시작되었다.

이 시기 김영환은 단파 라디오로 북한의 '구국의 소리' 방송을 집중적으로 청취하는 한편, 여기서 제기되는 남한 혁명론을 토대로 민족해방 민중민주주의 혁명론(NLPDR, National Liberation People's Democracy Revolution)을 본격 제기했다. 이는 1960년대의 통혁당, 1970년대의 남민전 이후 최초의 조직적 형태를 띤 반(反)제국주의 세력의 등장이며, 학생운동을 모태로 출발하는 것으로는 최초였다.

한국 사회의 주적(主敵)을 미 제국주의로 규정

김영환 그룹은 당시 학생운동의 주류였던 삼민투 NDR론과 치열한 사상투쟁을 전개하여 그 세력과 영역을 넓혀나갔다. 이들은 《반제민중 민주화 운동의 횃불을 들고 민족해방의 기수로 부활하자》(일명 '해방서시')라는 소책자를 학생운동권에 광범위하게 전파했다.

이 소책자에서 그들은 "19세기 말부터 지금까지의 한반도 근대사 100년은 제국주의 침략의 역사요, 제국주의에 대한 민중의 투쟁 역사다. 한국 사회는 미 제국주의와 그 앞잡이가 파쇼적으로 지배하는 식민지 사회다"라고 주장했다.

이들의 주장은 그간의 학생운동이 미 제국주의의 침략적 본성과 민중의 민족해방에 대한 열망을 제대로 주시하지 못한 데 대한 반성을 촉구한 것이다. 이는 학생운동 내부에 커다란 충격과 파급을 가져왔다.

이제까지 학생운동은 주요한 운동의 대상, 즉 주적(主敵)이 독재정권과 그들의 물적 토대인 독점자본이라고 보았으나, 이들은 우리 사회를 관통하는 가장 큰 주적은 미국, 다시 말해 미국의 제국주의적 침략에 있다고 본 것이다. 이런 인식은 오늘날 반미운동의 뿌리를 형성하고 있고, 30여 년이 지난 현재까지 386 핵심 운동권의 우리 사회에 대한 인식의 주요한 기조를 이루고 있다.

주사NL파는 치열한 사상투쟁으로 학생운동의 대세를 장악하는 한편, 서울대를 필두로 지하 지도부를 건설했다. 1986년 3월 29일 서울대에서 비합법 지도부인 구국학생연맹(이하 구학련)을 결성하고, 그 산하에 반(半)합법 투쟁기구인 반미자주화 반파쇼민주화투쟁위원회(일명 자민투)를 1986년 4월에 발족시켰다. 그 산하에 반전반핵(反戰反核)투쟁위원회 등 5개 투쟁위원회를 뒀다.

구학련의 투쟁기구인 자민투는 1986년 4월 반전반핵투위를 중심으로 반전반핵 투쟁과 전방 군부대 입소 반대투쟁을 전개했다.

이 과정에서 김세진, 이재호 등이 분신을 감행했다.

자민투의 선동적인 구호와 투쟁은 당시 학생운동에 커다란 충격을 줬고, 이를 토대로 자민투는 학생운동의 주도권을 급속히 장악했다. 또 기관지로《해방선언》을 발행해 전체 학생운동에 그들의 혁명론을 파급시켜 나갔다.

좌편향 된 운동 방향에 대한 자성

1985년 하반기 NDR론 하에 삼민혁명론으로 통일되었던 학생운동은 1986년 초 NLPDR론(민족해방민중민주주의혁명론)으로 무장한 자민투가 반제국주의 직접 투쟁과 반전반핵 투쟁을 선언하자, 기왕의 MT 계열은 NDR론을 기본 골간으로 계승하면서 반제반파쇼 투쟁을 선언하는 반제 반파쇼 민족민주 투쟁위원회(일명 민민투)를 조직하고 기관지로서《민족민주선언》을 발행했다.

이로써 학생운동은 1986년 상반기 이후 자민투와 민민투로 양분되었으며, 각자의 기관지를 통해 본격적인 논쟁에 돌입하게 되었다.

1986년 상반기 투쟁을 통해 학생운동의 주도권을 장악한 주사 NL 진영은 서울대 구학련을 필두로 연세대의 구국학생동맹, 고려대의 애국학생회 등을 결성하고, 이를 바탕으로 1986년 10월 28일 건국대에서 전국 반외세 반독재 애국학생 투쟁연합(약칭 애학투) 결성식을 감행한다.

그러나 건국대 투쟁으로 주사NL 진영은 큰 타격을 받았다. 당시 내걸었던 구호가 국민 정서와 매우 동떨어진 것이었다. 북한 방송에서나 들을 수 있었던 구호가 집회 장소에서 등장했던 것이다. 이들의 모험적인 구호와 투쟁으로 국민들의 지지를 받는 데 실패했다.

그 후 수사당국의 대규모 검거 선풍으로 당시 지도부가 대부분 구속되고 수배를 받았다. 건국대 사태로 구속된 학생만 1290명에 이르고, 각 대학의 학생운동은 3~4학년 실질 주도그룹이 대거 구속됨으로써 심각한 차질을 빚었다. 건국대 투쟁에 대한 주사파 내부의 평가를 보자.

"건대 항쟁은 주객관적인 정세와 유리되고, 대중의 준비 정도에 걸맞지 않은 반공 이데올로기 분쇄투쟁, 조국통일촉진투쟁 등을 제기함으로써, 정권에게 엄청난 탄압의 빌미를 제공하고, 사상 유래 없는 대 탄압을 촉발시킨 것이다. 중요한 문제는 엄청난 탄압을 받았다는 사실보다, 정권의 탄압으로부터 조직을 보위하고 대중으로부터 보호를 받으면서 탄압을 극복하지 못했다는 사실이다."

건국대 투쟁을 지도했던 구학련, 애국학생회, 구학동 등의 혁명적 대중조직들도 구성원이 건국대 투쟁 이후 대부분 검거됨으로써 와해지경에 이른다.

주사NL 진영은 이러한 평가를 바탕으로 건국대 사태를 통해 두

가지 결론에 이른다.

"첫째, 투쟁노선에서 좌편향 문제다. 1986년 초 반전반핵 투쟁으로 시작하여 서울대에서의 '민주조선' 대자보 게재사건, 애학투 발족식에서의 반공 이데올로기 분쇄 투쟁 선언에 이르기까지 일관된 흐름으로 지속된 투쟁노선상의 심각한 좌편향은 건대 투쟁을 계기로 더 극대화되어 대중과의 심각한 괴리를 초래했다.

아무리 반미투쟁이 절박하다고 할지라도 주객관적인 정세와 대중의 준비 정도에 걸맞게 투쟁을 조직 전개해야 함에도 불구하고, 구체적인 실정에 의거하지 못한 전략적인 구호의 남발은 대중을 투쟁으로 고무할 수 없을 뿐더러 오히려 대중으로부터 고립을 자초했다는 것이다.

둘째, 조직노선상의 좌편향 문제다. 지도조직은 대중조직 속에서 단련되고 대중조직의 보호를 받아야 함에도 불구하고, 성급히 지도조직을 건설하고 그 산하에 투쟁위원회를 건설함으로써, 선진적 활동가를 끊임없이 투쟁으로 내몰아 조직의 붕괴를 자초했다"는 것이다. 이러한 노선은 그동안 문제로 제기되었던 선도투쟁론의 재판이라는 것이다.

그러나 NL 진영은 이러한 편향에도 불구하고 "올바른 사상관점과 혁명이론이 이를 계기로 제기되고 확산되었다"는 데 그 의의를 높이 평가하고 있다. 여기서 '올바른 사상관점과 혁명론'이란 북한의 주체사상과 민족해방 인민민주주의 혁명론을 지칭하고 있다.

북한의 혁명적 대중노선에 따른 전투적 총학생회론과 전대협 건설

1986년 건국대 투쟁과 구학련 등 지도조직의 붕괴는 학생운동으로 하여금 '대중과 함께'라는 과제를 안겨줬다. 북한의 '혁명적 군중노선'에 비춰 볼 때 1986년 투쟁은 대중을 투쟁의 주체로 세우지 못한 분명한 오류였다는 것이다. 학생운동 지도부는 대중노선의 불철저함에 심각한 자기반성을 한다.

공산주의자의 혁명 전략의 핵심은 수많은 대중을 어떻게 혁명의 대오로 이끌어 내느냐 하는 데 항상 초점이 맞춰져 있다. 대중을 혁명의 대오로 이끌어 내기 위해서는 사실 왜곡과 과장 등 숱한 방법이 동원된다.

이런 관점에서 볼 때 대중들에게 생소한 단어의 사용은 금물이며 대중이 이해할만한 어휘로 해야 한다는 것이다. 미국에 대한 폭로는 분명히 옳은 것이기는 하나 방법이 세련되지 못했다는 것이다.

미국은 제국주의자이며 침략의 원흉이라는 구호는 사회혁명의 전략적 구호인 만큼 무모하게 남발할 것이 아니라 미 제국주의의 앞잡이인 군부독재 정권, 즉 전두환 정부에 대한 폭로를 통해 독재를 지원하는 미 제국주의 등으로 폭로하고 투쟁해 나가야 한다는 것이다. 이러한 대중노선이 관철될 때 대중은 독재에 대한 투쟁에 나서고, 이 투쟁을 미제에 대한 혁명투쟁으로 이끌어야 한다는 것이다.

대중노선의 제기는 조직노선 상에는 대중조직의 강화로, 투쟁노선에는 선도적 투쟁을 지양하고 대중투쟁을 창출하는 문제로 집약되었다.

이 시기 지도부의 철저한 파괴에도 불구하고 상대적으로 역량손실이 덜한 학교가 고려대와 연세대였다. 1986년 말부터 이들 학교를 중심으로 대중노선을 실천하기 위한 내부 사상투쟁이 시작된다.

구학련 지도부가 1986년 초 당시 학생운동의 주류였던 민민투에 대항하여 학생운동의 주도권을 장악하는 과정에 각 대학 간의 비밀연대 사업부서가 있었고, 이를 통해 1986년 애학투가 건설될 수 있었다. 각 대학 간의 연대사업부서는 1986년 각 대학 지도부의 철저한 파괴에도 불구하고 건재했다. 1987년 대중노선은 이들을 중심으로 진행되었다.

고려대 조혁을 중심으로 각 대학의 잔존세력을 모아 반미청년회를 결성했다. 반미청년회는 1987년 학생운동을 사실상 배후에서 주도하게 되었다.

대중노선의 구현 문제는 먼저 조직노선 상의 학생회 강화로부터 출발했다. 이들에 따르면 그 동안 학생회를 학생들의 자주적 조직으로 그 지위와 역할을 보지 못하고, 비합법 지도조직 혹은 투쟁기구의 외피로만 인식되어 학생회를 중심으로 학생 대중을 결집시키고 이들을 투쟁의 중심으로 세우지 못했다는 것이다.

이 과정에서 선진적 인자들만의 선도적 투쟁으로 학생 대중과 점점 유리되었다는 것이다. 학생회가 유력한 대중활동 공간으로 재평가되면서 활동가들이 학생회로 집결하게 되었다.

대중 속으로 파고들어라

학생회 강화라는 조직노선이 가장 먼저 진행된 곳은 고려대였다. 고려대에서는 1987년 초 기존의 지하 지도부인 애국학생회를 해체하고 '총학생회활성화추진위'(이하 활추위)를 결성하여, 이곳에서 활동하던 활동가들을 학생회로 활동 공간 이전을 준비했다.

활추위는 총학생회와 각 단과대, 과 학생회에서 활동할 간부를 발굴 육성하여 각급 단위의 학생회로 전진 배치했다. 이상의 과정을 통해 학생회가 학생운동 활동가의 수중으로 완전히 장악하게 되었다.

선거를 통해 학생회를 완전 장악한 후에는 활추위가 비밀학생회, 학생회의 비서체계 등으로 자기 변화를 거듭하면서 존속하다가, 중복성, 비효율성의 문제가 제기되어 1987년 하반기에 완전 해체되고, 대중조직인 학생회와 소수의 전위조직인 반미청년회만 남게 되었다.

고려대 이외의 나머지 대학들도 비슷한 경로를 거치면서 총학생회 강화사업을 진행시켜 나갔다. 학생회 선거가 마무리되는 1987년 봄에는 거의 모든 수도권 대학에서 학생회가 기존의 투쟁위원회의 하부체계가 아니라, 하부 조직원을 지닌 명실상부한 조직으로 자리 잡게 되었다. 1987년의 투쟁은 이러한 총학생회를 중심으로 진행되었다.

각 대학 총학생회가 활동가에 의해 장악된 조건에서 대학 간 연합조직도 새롭게 구축되었다. 애학투 같은 투쟁위원회의 연합체가 아니라 각 대학 총학생회 대표자 간의 협의체적인 조직이 이 시기에 주요 대학 간의 연대조직으로 등장한다. 1887년 5월 6일 연세대에서 결성된 서울지역대학생대표자협의회(이하 서대협)가 그것이다.

총학생회 강화 노선의 총화로 탄생된 서대협은 1987년 6월 항쟁 당시 수많은 학생 대중을 투쟁에 나서게 하면서 학생들의 실질적인 연대조직으로 자리 잡게 되었다.

총학생회의 전투화, 서대협의 건설로 나타난 1987년 상반기 학생운동 조직노선의 전환은 중요한 의의를 지닌다. 학생운동 내부의 활동가들을 끊임없이 선도투쟁의 장으로 내몰았던 기존의 조직 노선을 극복하고 활동가들의 제일 임무를 대중조직 속에서 대중들과의 대중사업으로 규정한 것이다.

이 시기 각급 학생회 단위에서 이들 활동가들을 중심으로 학생 대중들의 참여를 유발시키는 문화사업, 교육사업, 정치토론들이 행해졌고 학생운동은 급속히 학생들 속으로 침투하게 되었다.

이러한 사업의 위력은 1987년 6월 투쟁에서 확인된다. 기존의 학생운동 정치집회가 많아야 수백 명 단위를 넘지 못했다. 그러나 6월 항쟁 과정에서 각 대학에서 집회에 참석하는 학생 수가 수 천 명을 넘어서는 폭발적인 증가를 보였다. 각 학생회에 소속되어 있는 활동가들을 중심으로 전체 학생이 참석하는 토론회를 개최하고, 그 결과로 학생회 단위로 총학생회가 마련한 집회에 참석하게 되었다.

소수가 비밀 집회를 계획하던 방식에서 학생회 중심으로 집회를 계획하고, 학생들의 참여를 유도하는 방식으로 전환한 것은, 그간 학생운동을 거리를 두고 봤던 학생 대중의 참석을 실질적으로 기능케 했다.

남한의 학생운동 핵심세력들, 북한 한민전의 지도를 수용

총학생회 강화론은 이후 '전투적 총학생회론'으로 정식화 되어 1987년 학생운동의 주된 흐름으로 자리 잡았다. 1987년 5월 서대협 출범과 6월 투쟁의 결과 전국 대학으로 확산되어 1987년 8월 19일 충남대에서 전국대학생대표자협의회(이하 전대협)를 발족하여 해방 후 최대의 학생조직이 그 모습을 드러내게 된다.

전투적 총학생회론은 대중 조직의 가장 중요한 형태로 조합(학생회)이라는 인식하에 대중 활동의 총력을 조합으로 집중하자는 것이다. 그 근거는 학생회야말로 가장 광범위하게 대중을 인입할 수 있는 조직이라는 것, 대중 의식화 조직화의 가장 유용한 공간을 제공해준다는 것, 대중의 정치적 지향과 요구를 실현할 수 있는 힘, 즉 대중의 정치 역량화를 가능하게 한다는 것이다.

그런데 전투적 총학생회론에서도 조합을 그 자체로 전투적이라고 사고하고 있지는 않다. 조합 그 자체는 전투적이지도, 정치적이지도 않다고 봤다. 이들이 제시하는 해결책은 다음과 같다.

즉 전투적 총학생회론은 총학생회를 전투화하자는 것인데, 이 전투화의 의미를 보다 분명히 하고 현실의 총학생회를 민족해방운동의 주요 역량으로 키워가겠다는 것이다.

이들이 말하는 전투화는 '지도 핵심'의 지도가 존재함을 의미하며, 학생 조합이 민족해방을 자신의 궁극적 목표로 한다는 것을 의미하며, 학생 조합이 학생 대중의 자주성을 철저히 옹호하고 실현하려는 입장에 서 있다는 것을 말한다.

이들이 말하는 '지도 핵심의 지도를 전제한다'는 말의 진짜 뜻은 북한의 한국민족민주전선(이하 한민전)의 학생운동에 대한 지도성을 인정한다는 것이다. 실제로 이 시기 학생운동에서는 북한의 '구국의 소리' 방송을 청취하고 이를 전파하기 위한 선전 팀이 존재했다는 사실이 당국의 수사를 통해 밝혀졌다.

이들은 한민전이 제시하는 투쟁구호 및 투쟁전술을 그대로 받아 이를 학생운동 내에서 실현하고자 했다. 그러나 현실적으로 한민전은 남한 내에 존재하지 않았다. 따라서 한민전의 방침을 가장 잘 이해하고, 이를 학생운동 내에 관철시키는 조직을 필요로 했다. 이러한 역할을 수행하는 학생운동 내의 조직이 반미청년회였다.

1987년 당시 학생운동 내에서 한민전의 방침을 학생운동 내에 전파하고 실현하기 위한 조직으로 반미청년회, 조국통일그룹, 서울대를 주축으로 구성된 관악자주파 등이 있었고, 이들 그룹이 학생운동을 배후에서 지도했다.

이들은 모두 주체사상과 북한의 전략전술론으로 무장했다는 공통점을 지니고 있었으나 해당 시기 투쟁 전술에서 차이를 보였고, 학생운동의 주도권을 놓고 일면 대립 일면 협력하면서 1990년대 초 까지 학생운동을 주도 했다.

주사파 NL에 의해 주도된 학생운동은 1987년 들어 조직노선에서 대중노선의 구현과 함께 투쟁노선에서도 일대 전환을 모색했다. 1986년의 투쟁이 대중의 수준과 준비 정도, 정서 등을 고려하지 않은 모험주의적 투쟁이었다는 비판과 함께 대중과 함께 투쟁하는 방식에 대한 고려와 시도가 있었다.

이런 노력의 결과로 1987년 봄에는 각 대학마다 학생운동의 대중성 확보를 위한 학원민주화 투쟁이 주류를 이뤘다.

대중적 슬로건 앞세워 6월 항쟁 이끌어

1987년 봄 애학투 사건으로 구속되었다 집행유예로 풀려난 학생들에 대한 학사징계 반대 투쟁이 서울대를 중심으로 일어났고, 부산대, 경북대, 경상대, 울산대, 동의대, 전남대, 전북대 등에서 학원민주화 투쟁이 전개되었다.

이 시기 투쟁에 학생들의 반수 이상이 투쟁에 동참하는 위력을 과시했다. 이러한 투쟁을 발판으로 학생운동은 4·19 계승투쟁과 5·18 계승투쟁을 이전과는 그 규모 면에서 다른 대중적 투쟁으로 만들어 갔다.

뿐만 아니라 아무런 매개도 없이 반미 투쟁을 진행하던 방식에서 벗어나, 당시 초미의 관심사로 떠오른 개헌문제를 매개로 반독재 민주화 투쟁과 반미 자주화 투쟁을 결합하여 벌여나갔다. 이렇게 학생운동의 투쟁노선을 재정립하려고 시도하는 가운데 박종철 고문치사 은폐조작 사건, 4·13 호헌조치 등의 사건이 연이어 터졌다.

대중의 분노를 자아냈던 일련의 사건이 6월 투쟁의 기폭제가 된 것은 사실이지만 6월 투쟁의 원동력으로 학생운동의 조직과 투쟁노선의 변화와 실현이라는 측면을 무시하기는 어렵다.

4·13 호헌조치 후 학생운동은 '호헌 철폐'와 '독재타도'라는 대중적 슬로건을 채택하고 광범위한 학생을 투쟁으로 끌어들이는 데 성공했다. 학생들의 대중적인 투쟁은 6월 항쟁의 기폭제가 되었던 것이다.

전대협의 '민주화' 투쟁은 민족해방 민중민주주의 혁명 투쟁

−NL 진영의 3대 투쟁과제는 반미 자주화, 반독재 민주화, 조국통일 촉진 투쟁이었다

민족해방민중민주주의 혁명론(NLPDR론)의 내용

NL의 혁명론은 북한의 혁명론을 그대로 직수입한 것이다. 그 증거는 NLPDR의 주요 논거인 사회에 대한 이론과 '식민지 반(半)자본주의론', 혁명의 본질과 임무, 대상과 동력 등에서 그대로 일치한다.

당시 NL진영은 교조주의, 사대주의를 배격하고 주체적 관점에서 혁명론을 수립해야 한다고 주장했다. 이는 북한이 자신들의 주체사상이 새로운 시대에 맞는 새로운 사상이며, 마르크스주의의 완성이라고 주장한 것과 같은 맥락이다. 이들에 따르면 마르크스주의의 직접적인 수용과 적용은 사대주의이자 교조적 태도라는 것이다.

북한의 인민민주주의 혁명론인 민족해방인민민주의의 혁명론은 코민테른 강령에서 제시된 후진국형 공산혁명 전략을 원용한 것이다. 이 전략은 먼저 노동자 계급, 농민, 청년학생, 진보적 지식인을 주력군으로 하고 반동 관료 및 매판 자본가를 제외한 각계각층을 보조역량으로 하여 통일전선을 형성한다.

그 후 미 제국주의를 축출하고 파쇼 정권을 타도한 다음 용공(容共)정권인 민족자주정권을 세운다. 이어 북한과의 연방제 통일을 한 다음 사적(私的) 소유와 프롤레타리아 독재 권력 수립을 내용으로 하는 본격적인 사회주의 혁명을 진행하는 전략이다.

이 혁명에 있어 노동자 전위당의 지도를 전제로 하기 때문에 1단계에서 사회주의로의 이행은 폭력이 아닌 평화적인 방법으로 진행된다는 것이다. 주사파가 제기하는 남북한 간의 평화적 통일은 남쪽에 용공정권의 수립을 전제로 할 때만 가능하다.

북한은 '구국의 소리 방송' '평양방송' 등 대남방송을 통해 남조선 혁명론에 대한 체계적인 운동강좌를 시리즈로 내보냈는데, NL 진영이 이 방송을 녹취하여 수용한 것이다.

1) 한국 사회 평가

공산주의 혁명론에 따르면 해당 시기 해당 사회가 어떤 사회의 성격을 가지느냐에 대한 평가로부터 혁명의 성격과 기본임무, 대상과 동력을 구분한다.

NL 진영은 북한의 주체사관에 입각해서 한국 사회를 평가한다. 사회를 평가하는 데 있어 마르크스주의에서 말하는 생산수단의 소유관계 만이 아니라, 정권의 소유관계를 같이 파악해야 한다는 입장이다. 이런 입장은 기존의 사회주의 이론에서 말하는 '사회구성체론'과는 다른 것으로, 북한은 이를 '사회성격론'으로 불렀다.

주체사관의 사회성격론에서 볼 때 한국 사회는 '식민지 반(半)자본주의 사회'라는 것이다. 이는 한국 사회가 정치체제 면에서 미국의 군사적 강점 하에 있는 식민지 사회이고, 당시의 정권은 미국의 대리통치 정권인 허수아비 정권이기 때문이며, 경제체제 면에서는 정상적인 경로에 의해 형성된 자본주의가 아니라 봉건적 요소와 전(前)근대성 및 매판성 등이 중첩된 반(半)자본주의 사회라는 것이다.

여기에서 하나 유의할 점은 NL 진영은 초기에 한국 사회를 '식민지 반(半)봉건 사회'로 평가하다가, '식민지 반(半)자본주의 사회'로 수정하여 성격지우고 있다는 사실이다.

이는 주사파의 반봉건 규정이 PD 진영과의 사상투쟁에서 밀리는 데서 비롯된 대응이다. 직접적으로는 한국민족민주전선(이하 한민전)의 '구국의 소리' 방송에서 1988년 2월 17일 한국혁명전략 지침인 "변혁운동의 새로운 도약을 위하여"라는 논설을 통해 한국 사회를 식민지 반(半)자본주의 사회라고 수정 보도한 데 기인한다. 이후 NL 진영은 '식민지 반봉건 사회론'을 폐기하고 '식민지 반자본주의 사회론'을 주장했다.

실제 북한은 1960년대까지는 한국 사회를 식민지 반봉건 사회로 규정했으나, 1970년 11월 제5차 당대회 이후 식민지 반자본주의 사회로 평가해 왔음을 상기할 때 NL 진영이 이를 모르고 있다가 북한의 대남(對南) 혁명기구인 '한민전'의 '구국의 소리 방송' 이후 수정한 것이다.

2) 한국 사회의 모순 관계

이상의 한국 사회에 대한 인식에서 NL 진영은 한국 사회가 미국과 한국 민중과의 모순, 즉 민족모순과, 파쇼통치체제와 그 물적 기반인 매판자본과 민중과의 모순인 계급모순이 중첩되어 있다는 것이다. 이중 가장 중요한 모순은 미국과 한국 민중과의 모순이라는 것이다. 여기서 왜 NL 진영이 반미(反美) 자주화 투쟁을 가장 중심으로 생각하는지에 대한 이유가 발견된다.

3) 한국 사회 혁명의 본질과 임무

한국 사회에 대한 평가와 모순 규정에 의하면 한국 혁명의 본질은 미국의 식민통치를 척결하고 민족의 자주성 실현을 그 중심 내용으로 하는 사회 혁명으로서 본질에 있어 민족해방혁명이라는 것이다.

그 이유로는 한국 사회에서 민중의 자주성을 유린하는 세력은 국가주권과 생산수단을 장악하고 사회의 전 영역에서 지배적 우위를 차지하고 있는 미국과 그 대리집단인 매판자본가, 지주, 상층관료들이며, 자주성을 억압당하는 계급 계층은 노동자, 농민, 청년학생, 진보적 지식인, 도시 소자산 계급, 일부 애국적 민족자본가, 애국적 군인이기 때문이라는 것이다.

이중에서 미국이야말로 한국 민중의 자주성을 억압하는 주범(主犯)이라는 것이다. 이들에 따르면 매판자본가, 지주, 상층관료는 미국에 의해 육성되고 비호되는 대리세력이고, 민족모순이 해결되면 다른 모순도 해결되는 결정적 요인이 된다는 것이다.

민족해방운동으로서의 한국 사회 변혁 운동의 기본임무는 미국 지배와 그 대리세력의 군사파쇼 통치를 청산하고 사회의 자주화와 민주화를 실현하는 것이다. 그런데 한국의 변혁 운동은 민족이 분열되고 국토가 양단된 나라의 반쪽에서 수행된다.

그렇기 때문에 한국변혁 운동은 민족해방의 임무와 민주주의적 임무를 수행함과 동시에 조국의 자주적 평화통일을 실현해야 할 민족사적 임무도 있다고 NL 진영은 보고 있다. 여기서 자주적이라 함은 미국의 식민지적 통치를 없앤다는 것이고, 평화적이라 함은 민족자주정부 수립 후 북한과의 연방제 통일을 말한다.

이러한 임무로부터 NL 진영은 3대 투쟁과제를 도출해 낸다. 3대 투쟁이란 ▲반미 자주화 투쟁 ▲반독재 민주화 투쟁 ▲조국통일 촉진 투쟁을 말한다. 현재 NL 진영이 금과옥조처럼 여기는 자주, 민주, 통일이 여기에서 유래한 것이다.

이러한 3대 투쟁 가운데 반미 자주화 투쟁이 항상 최우선 과제로 나선다. 왜냐하면 그들이 보기에 미국이야말로 모든 모순의 근원이기 때문이다. 따라서 해당 시기에 투쟁을 전개함에 있어 반미 자주화 투쟁을 중심으로 다른 투쟁을 결합해야 한다는 원칙을 지켜야 한다는 것이다.

이들이 보기에는 군부독재에 반대하는 투쟁은 반미 자주화를 실현하는 데 유리한 사회적 여건을 조성해 준다고 보고, 이 투쟁을 통해 미국의 한반도 식민통치의 기반에 균열을 내고 민족자주역량을 성장시키는 데 유리한 여건을 만들어야 한다는 것이다.

1980년대 중반 이후 학생운동이 반독재 투쟁을 벌인 것은 이러한 투쟁전술에 입각한 것이다. 따라서 이들이 자신들의 투쟁을 민주화 투쟁으로 부르는 것은 잘못된 것이다. 그들은 민족해방 민중민주주의 혁명 투쟁을 한 것이다.

조국통일촉진투쟁 또한 이를 가로막고 있는 주 세력이 미국과 그 대리통치세력인 군부독재권력이라는 본질에는 변함이 없으나, 남한의 반쪽혁명을 전 한반도 차원에서 진행한다는 의미에서 그 독특한 지위를 가진다. 그 구체적 내용으로는 연북의식 고취와 연방제 통일방안의 선전 등을 들고 있다.

4) 한국 사회 혁명의 대상과 동력

대상이란 혁명의 주요한 공격 목표를 말하고, 동력이란 누가 이

혁명의 주요한 세력으로 나서는가에 대한 문제를 말하는데, 공산주의 혁명의 전략전술상 중요한 일부분을 차지한다. 그 시기, 그 사회에서 인간의 자주성을 유린 억압하는 세력, 즉 반동적 착취세력과 제 세력이 혁명운동의 대상이다. 이들에 따르면 미국과 반동관료배, 매판자본가, 지주 등이 대상이다.

동력은 주력군(기본 동력)과 보조역량으로 나뉜다. 주력군이란 그 계급, 계층의 생활적 처지로 볼 때 당면 혁명에 가장 절실한 이해관계를 가지며, 혁명의 완수를 위해 끝까지 가장 철저하게 싸울 수 있는 세력을 말한다. 한국 사회에서는 노동자, 농민, 청년학생, 진보적 지식인 등을 말한다.

보조역량은 혁명 수행에 있어 이해관계의 절실함이나, 투쟁에 있어 철저함은 주력부대보다 떨어지며, 투쟁에 있어 동요성을 보이기 쉬우나, 이들도 자주성을 유린 억압당하고 있기 때문에 당면 혁명에 이해관계를 가지고 있어 보조역량으로 통일전선이라는 형태로 묶어야 한다는 것이다.

그러나 보조역량은 끊임없이 동요하는 세력이기 때문에 협력하면서도 비판하는 관점을 유지해야 하며, 1단계 혁명이 수행되고 나면 이들 또한 다음 혁명의 대상으로 전락하게 된다.

전대협 지하 지도부와 전대협 강령 분석

전대협은 주체사상을 신봉하는 NL 진영의 전투적 총학생회 노선에 의거하여 구축된 대중조직이다. 대중조직은 전위의 지도를 받는 조직으로, 기본적으로는 합법조직을 지향한다.

합법조직을 지향하는 이유는 보다 많은 학생들을 조직으로 끌어들일 수 있고, 그 속에서 활동하는 혁명적 전위인자를 대중으로부터 보호 받을 수 있다는 논리에 의거해서다. 따라서 전대협은 비합법 지도그룹의 활동공간이며, 그들의 지도노선이 관철되는 통로다.

1) 전대협 지하 지도부와 활동 형태

반미청년회

1986년 학생운동을 주도한 대표적인 주사파 지하지도조직으로는 서울대의 '구국학생연맹', 연세대의 '반제(反帝)구국학생동맹', 고려대의 '애국학생회' 등이 있었다.

반미청년회의 모태가 된 것은 고려대의 '애국학생회'였다. 그러나 건국대 투쟁 이후 당국의 수사에 의해 주요 지도부가 검거되고 조직은 와해되기에 이른다. 이 와중에 전국 대학들 간의 연락체계는 살아남았다. 이들은 조혁을 중심으로 전국적인 주사파 지도조직의 재건을 모색했는데, 그 결과 1986년 12월에 '전국청년학생사상운동추진위원회(이하 전사추위)'를 결성하기에 이른다.

전사추위는 고려대 주사파 잔존세력을 중심으로 연세대, 서강대 등의 주사파 잔존세력을 규합하여 전국의 10여개 대학 30여 명으로 규합한 중앙지도조직과 서울, 수원, 영남, 호남의 지역을 지도하는 지역지도조직으로 2원화하여 조직을 편제했다.

당시 학생운동의 활동인자는 각 대학별로 총학생회, 단과대 학생회, 과 학생회에서 간부들로 활동했는데, 이들 중 3~4학년을 중심으로 각 대학 지하지도부를 구성하고, 이들 중 일부를 반미청년회 회원으로 선발하여, 전국 학생운동을 장악한 것이다.

1987년 전대협의 조직노선인 전투적 총학생회론은 이들 전사추위에 의해 제기된 조직노선이었고, 1987년 서대협 결성과 전대협 결성은 이들에 의해 배후에서 주도되었다.

전사추위는 1987년 6월 투쟁과 전대협의 성과를 바탕으로 전국적인 혁명투쟁을 체계적으로 지도할 지도조직의 필요성을 제기하고 1987년 10월 중순 홍익대에서 김일성 주체사상과 한민전을 추종하는 반미청년회를 결성한다.

전사추위와 반미청년회는 동일한 지도부에 의해 주도된 학생운동 지하지도부의 자체 변화 과정으로 봐야 한다. 이들은 '대동단결'이라는 선전매체를 통해 1987년의 대통령 선거에서 김대중 후보에 대한 비판적 지지운동을 주장했다. 이는 당시 재야운동의 연합체였던 민통련에서 제기되었던 김대중 후보에 대한 비판적 지지론을 수용한 것으로 보인다.

반미청년회는 '대동단결' 7호에서 식민지 해방투쟁에서 대통령 선거가 갖는 의미를 주목하고, 후보와 결합하지 않는 선거전술은 현재 운동의 주체역량 미비와 국민들의 선거에 대한 지대한 관심과 기대를 감안할 때 실패할 수밖에 없다고 주장하여 당시 PD 진영에서 제기했던 독자 후보 전술인 민중후보론과 분명한 선을 그었다.

이들에 따르면 당시 정세는 미국의 식민지 지배방식의 변화를 반영한 직접지배에서 대리통치체계의 구축으로 봤다. 노태우 후보는 미국의 대리통치 세력이라는 것이다. 미국은 1987년 대통령 선거를 통해 자신들의 대리통치 세력을 합법적으로 추인 받으려 한다는 것이다.

이러한 미국의 기도를 좌절시키기 위해서는 양 김(김영삼, 김대중) 중 어느 한 명과 결합해야 하는데, 이들 중 상대적으로 진보적인 김대중을 지지하는 것이 당연하다는 것이다. 이들은 당시 야당에 선거투쟁 결합에 관한 5개항의 조건을 내걸었는데, 이를 수락한 김대중에 대한 지지를 선언한 것이다.

김일성 주체사상 전파

이들이 이런 선거 전술을 채택한 것은 식민지 사회에서 민중들은 선거에 관심이 있는데 이런 관심을 이용하여 다소 진보적인 후보와 단결하고, 이를 승리로 이끌어 향후 결정적 혁명 승리의 유리한 조건을 만들겠다는 전술적 고려를 한 데 따른 것이다.

반미청년회는 의장인 조혁(고려대 노문과 4학년, 제적)을 중심으로 무력부, 연락부, 선전부, 후원부, 교양부 등 5개 부서와 이와는 별도로 의장 직속으로 청년부와 학생부를 각각 됐다.

무력부는 그 밑에 구국결사대 8명이 소속되어 연세대 김철에 의해 운영되었는데, 이들은 1987년 대통령 선거가 끝난 직후 미국문화원 점거농성과 광주 미국문화원에 대한 폭탄투척 사건을 벌였다.

선전부는 김일성 주체사상의 전파와 민족해방민중민주주의론에 대한 조직원들의 사상무장을 위해 '자주언론'이라는 지하 간행물을 발간했다. 이들에 의해 이뤄진 선전 중 대표적인 것이 북한 방송이 주장한 KAL 858기 폭파사건이 남쪽 정부의 자작극이라는 내용의 전파였다.

이들은 각 대학의 대자보를 통해 이런 선전을 했고, 기관지를 통해 계속 이런 날조된 사실들을 전파해 나갔다. 이들의 북한 주장의 일방적 수용이 20년이 지난 오늘 우리 언론에 의해 대중적으로 유포되고 있으니 어리둥절하기만 하다.

교양부는 각 대학별로 정치학교를 운영하면서 혁명지도자를 양성하는 역할을 담당했다.

1987년 반미청년회와 그 하부조직인 전대협에 의해 이뤄진 선거전술인 김대중 비판적 지지 운동은 학생운동 내부의 심한 반발에 부딪쳤다. 김대중 지지론에 앞장섰던 반미청년회 의장 조혁은 노태우 후보의 당선으로 끝난 1988년 1월, '자주언론' 편집자 조국 명의로 발표한 자기비판서에서 "나는 노태우 집권을 방조한 운동가로서의 책임을 통감하고"라는 내용을 발표한다.

그 다음으로 조혁은 1988년 투쟁을 위하여 "한국민족민주전선이 지령한 노태우 집권의 저지 파탄과 단독올림픽을 저지하는 투쟁에 모든 노력을 다 바쳐 싸울 것을 결의한다"라고 하여 반미청년회의 투쟁은 한민전의 지령에 의한 것임을 분명히 하고 있다.

조통그룹, 관악자주파

1987년 대통령 선거 당시 전대협의 주류였던 반미청년회의 김대중 지지론에 반대하여 후보 단일화론을 제기한 주사파가 있었는데, 후보 단일화론을 주도한 그룹이 '조통그룹'과 '관악자주파'다.

조통그룹은 연세대와 서강대 등 서울 서부지역을 중심으로 활동했다. 이 그룹은 1987년 8월 석방된 복학생들을 중심으로 구성되어 활동했다. 이들은 김대중 지지론에 반대하는 서울 서부지역 학생활동가를 중심으로 자신의 세력을 넓혀 갔다.

이 그룹은 한민전의 지도를 인정했으나, 투쟁전술에서 당시 주류였던 반미청년회와 차이가 있었고, 1988년 이후 관악자주파와 협력을 바탕으로 통일운동을 주도했다. 1989년에 이들은 임수경 평양 파견을 주도했다.

한편 서울대에서는 구학련 등 학생운동 지도부가 사실상 궤멸된 상황에서 아직 검거되지 않은 활동가들을 중심으로 서울대 활동가 조직을 재건하고 서울 남부지역을 중심으로 세력을 확장했다. 이러한 서울대 중심의 주사파 그룹을 관악자주파로 불렀다.

이들이 자주파로 불리게 된 배경에는 이들은 한민전의 방침을 비판적으로 수용해야 한다는 입장을 가지고 있었기 때문이다. 이들은 반미청년회처럼 단일 지도조직이 아니라, 서울대 활동가를 대표하는 리더들의 협의체 형식이었다.

1988년 서울대 김중기에 의해 제기된 남북 학생회담 성사투쟁은 이들이 제기했고, 조통그룹과 반미청년회가 수용해서 전대협이라는 대중조직을 통해 진행된 투쟁이었다. 이들 세 그룹은 자파 출신을 총학생회장에 당선시키거나, 활동가를 전대협 내부에 침투시켜 자신들의 지도를 관철시켜 왔다.

예를 들면 이 당시 전대협 의장인 이인영에게는 비서라는 직함으로 반미청년회에서 침투된 사람이 있었다. 훗날 수사를 통해 밝혀졌지만 전(前) 열린우리당 국회의원이었던 이철우가 그 역할을 수행했다.

1987년 당시 전대협은 연락사무국만 있었고, 전대협의 상시적 업무는 가장 영향력이 있었던 서대협에서 담당했다. 서대협의 정책국이나, 편집국, 연대사업국, 투쟁국 등에 반미청년회 간부들과 조통그룹, 관악자주파그룹의 핵심활동가들이 대거 포진해 있었다.

대중조직인 전대협은 합법조직을 지향하는 이유 때문에 그들의 사상이나 투쟁노선은 상당히 대중적으로 서술하고 있다. 그러나 주체사상을 신봉하는 그룹에 의해 지도되기 때문에 그들의 노선과 자료에서 주체사상과 투쟁노선이 곳곳에 나타나 있다.

자민통그룹이 장악한 1989년부터는 주체사상과 그 투쟁노선이 보다 선명히 나타나기 시작하여, 한국대학총학생회연합(이하 한총련)에 이르러서는 노골적으로 지도사상으로 주체사상을 거론하고, 북한의 투쟁노선을 추종하고 있다.

IV

운동권들은 답하라

북한의 전략전술론

1. 전략과 전술이란?

　북한의 '전략전술론'에서 규정하는 전략이란 혁명운동의 기본임무를 실현하기 위해서 해당 각 단계의 전 기간에 걸쳐서 견지하는 '일반적인 투쟁방침·투쟁강령이다. 혁명의 전략에는 해당 혁명단계에서 도달해야 할 목표와 공격방향, 혁명역량편성과 투쟁의 기본방침이 포함된다.

　전술이란 정세의 변동에 따라 변하는 '구체적인 투쟁방침'이다. 전략은 혁명의 기본임무 수행에 직접 역할하며, 전술은 전략의 실현에 종속된다.

　스탈린은 《레닌주의의 기초》라는 책에서 전략과 전술을 아래와 같이 설명하고 있다.

"전략은 일정한 혁명 단계에서 프롤레타리아의 주된 공격방향을 결정하는 것이며, 혁명군(주력군과 예비대)을 고심해서 적절하게 배치하는 것이며, 또한 주어진 혁명 단계의 전 기간 동안에 이 계획을 수행하기 위해 투쟁하는 것이다.

우리의 혁명은 이미 두 단계를 경과해 왔으며 10월 혁명 이후 세 번째 단계로 접어들었다. 우리의 전략은 그에 따라 변화되었다.

제1단계 : 1903년~1917년 2월까지

목표 : 짜리즘의 타도와 물려받은 중세 잔존물의 완전한 일소

혁명의 주력군 : 프롤레타리아 계급

동원예비군(Immediate reserve) : 농민계급

주공격방향 : 농민을 장악하려고 짜리즘과 타협하여 혁명을 타파하려고 하는 자유 군주주의 부르조아 계급의 고립화

세력배치계획 : 노동계급과 농민계급의 동맹

제2단계 : 1917년 2월~1917년 10월

목표 : 러시아에서의 제국주의의 타도와 제국주의 전쟁에서의 철수

혁명의 주력군 : 프롤레타리아 계급

동원예비군 : 극빈 농민계급

예상예비군 ; 인접국가의 프롤레타리아 계급

유리한 상황 : 장기화된 전쟁과 제국주의의 위기

주공격방향 : 힘써 일하는 농민계급을 장악하려 하고 제국주의
와 타협하여 혁명을 종식시키려고 하는 쁘띠부르주아 민주주의자
들(멘세비키와 사회혁명당원들의 고립화)

세력배치계획 : 프롤레타리아 계급과 극빈 농민계급의 동맹

제3단계 : 10월 혁명 이후

목표 : 일국(러시아)프롤레타리아 독재권의 강화 및 그것을 만국
의 제국주의의 타도를 위한 지렛대로 이용하는 것. 혁명은 일국 러
시아를 넘어서서 전진해 가고 있으며 세계혁명의 시대가 시작되고
있다.

혁명의 주력군 : 일국의 프롤레타리아 독재와 만국의 프롤레타
리아 혁명운동

주동원예비군(Main reserve) : 선진국들에 있어서 준프롤레타리아,
소농민대중, 그리고 식민지와 종속국의 해방운동과의 동맹

전략은 혁명의 주력군과 그 원군(예비군)을 다룬다. 전략은 혁명
의 한 단계에서 다른 단계로 변화될 때는 그에 따라 변화되어야 하
지만 일정한 단계에서는 그 전 기간을 통하여 근본적으로 번하지

않는다."

2. 공산주의 이론의 두 기둥

북한의 전략전술론을 논하려면, 먼저 북한의 대남혁명이론인 '민족해방인민민주주의혁명론'과 떼어놓고 말할 수 없다. 북한의 전략전술은 혁명이론에 의거하여 작성된 것이기 때문이다. 공산주의 이론의 두 기둥은 역사적 유물론과 계급투쟁론이다.

역사적 유물론은 '인간의 사회적 존재가 사회적 의식을 규정한다'는 명제를 출발점으로 삼고 있다. 사회는 매 발전단계마다 토대와 그 토대에 조응하는 상부구조로 이루어져 있다. 토대는 생산력과 생산관계로 구성되어 있다. … 이것은 (생산관계) 생산수단의 소유, 생산물의 소유와 분배 및 처분, 노동과정의 조직과 지휘에서 인간들이 맺게 되는 관계다. 자본주의 사회에서는 자본가가 생산수단을 소유하고 생산물을 자기 마음대로 분배하고 처분하며 노동과정을 조직하고 지휘한다. … 기존의 생산관계가 생산력을 발전시키지 못하고 오히려 생산력의 발전을 저지하는 경우가 발생한다면, 생산관계를 변혁시킬 필요가 드러나는 것이다. … 낭비되고 있는 생산력을 활용한다면 모든 국민이 잘 살 수 있다는 객관적 사실 때문에, 체제변혁의 당위성이 입증된다고 주장하고 있다.

계급투쟁론은 발전된 새로운 생산력과 구태의연한 낡은 생산관계 사이에 갈등이 일어나게 된다. 생산력과 생산관계의 갈등은 생산력의 발전에 이해관계를 가지는 근로자 계급과 생산관계를 유지하는 데 이해관계를 가지는 지배계급 사이의 대립으로 전화되고 그것이 계급들의 의식에 반영되어 근로자 계급과 지배계급 사이의 계급투쟁으로 표현되게 된다는 것이다.

이것은 낡은 생산관계를 새로운 생산관계로 교체하여야 할 사회혁명 과업이 제기되고 있다는 것을 말하여 준다는 것이다. 생산력 발전에 이해관계를 가지는 근로자 계급이 낡은 생산관계를 유지하려고 하는 지배계급을 타도하고 새로운 생산관계로 교체함으로써 사회혁명은 승리하게 된다는 것이다. 이들은 이러한 계급투쟁을 사회발전의 동력으로 보았다.

이러한 마르크스주의 이론에 따르면 자본주의 사회는 자본 또는 자본의 화신인 자본가가 지배하는 사회다. 자본이 자기의 가치를 증식시키기 위해서는 노동자를 착취해야 하기 때문에, 자본가와 노동자 사이의 적대관계는 자본주의 사회의 기본적인 계급관계이다.

이러한 마르크스주의 이론은 북한의 혁명이론에도 기본적으로 반영되어 있다.

3. 북한의 대남혁명이론 – 민족해방인민민주주의혁명론

NL의 혁명론은 북한의 혁명론을 그대로 직수입한 것이다. 그 증거는 NLPDR의 주요논거인 사회에 대한 이론과 식민지 반(半)자본주의론, 혁명의 본질과 임무, 대상과 동력 등에서 그대로 일치한다.

당시 NL진영은 교조주의, 사대주의를 배격하고 주체적 관점에서 혁명론을 수립하여야 한다고 주장하고 있다. 이는 북한이 자신들의 주체사상이 새로운 시대에 맞는 새로운 사상이며, 마르크스주의 완성이라고 주장한 것과 같은 맥락이다. 이들에 따르면 마르크스주의의 직접적인 수용과 적용은 사대주의이자 교조적 태도라는 것이다.

북한의 인민민주주의 혁명론인 민족해방인민민주의의혁명론은 코민테른 강령에서 제시된 '후진국형 공산혁명전략'을 원용한 것이다. 이 전략은 먼저 노동자계급, 농민, 청년학생, 진보적지식인을 주력군으로 하고 반동관료 및 매판자본가를 제외한 각계각층을 보조역량으로 하여 통일전선을 형성하여, 먼저 미제를 축출하고 파쇼정권을 타도한 다음 용공정권인 민족자주정권을 세우고, 이어 북한과의 연방제통일을 한 다음 사적 소유와 프롤레타리아 독재 권력 수립을 내용으로 하는 본격적인 사회주의혁명을 진행하는 전략이다. 이 혁명에 있어서 노동자전위당의 지도를 전제로 하기 때문에 1단계에서 사회주의로의 이행은 폭력이 아닌 평화적인 방법으로 진행된다는 것이다. 주사파가 제기하는 남북한 간의 통일은 남쪽에 용공정권의 수립을 전제로 할 때만 가능한 것이다.

북한은 '구국의 소리방송' '평양방송' 등 대남방송을 통하여 남조선혁명론에 대한 체계적인 운동강좌를 시리즈로 내보내었는데 이를 NL진영이 방송을 녹취하여 수용한 것이다.

1) 한국 사회평가

공산주의혁명론에 따르면 해당시기 해당사회가 어떠한 사회의 성격을 가지느냐에 대한 평가로부터 혁명의 성격과 기본임무, 대상과 동력을 구분한다.

NL진영은 북한의 주체사관에 입각해서 한국 사회를 평가한다. 사회를 평가하는데 있어서 마르크스주의에서 말하는 생산수단의 소유관계 만이 아니라 정권의 소유관계를 같이 파악해야 한다는 입장이다. 이러한 입장은 기존의 사회주의 이론에서 말하는 사회구성체론과는 다른 것으로 북한은 이를 사회성격론으로 불렀다.

주체사관의 사회성격론에서 볼 때 한국 사회는 '식민지 반(半)자본주의사회'라는 것이다. 이는 한국 사회가 정치체제 면에서 미국의 군사적 강점 하에 있는 식민지사회이고 당시의 정권은 미국의 대리통치정권인 허수아비정권이기 때문이며, 경제체제 면에서는 정상적인 경로에 의해 형성된 자본주의가 아니라 봉건적 요소와 전근대성 및 매판성 등이 중첩된 반자본주의사회라는 것이다.

여기에서 하나 유의할 점은 NL진영은 초기에 한국사회를 '식민지 반(半)봉건사회'로 평가하다가, '식민지 반자본주의사회'로 수정하여 성격지우고 있다는 사실이다. 이는 주사파의 반봉건규정이 PD진영과의 사상투쟁에서 밀리는 데서 비롯된 대응이며, 직접적으로는 한국민족민주전선(이하 한민전)의 구국의 소리방송에서 88년 2월 17일 한국혁명전략 지침인 "변혁운동의 새로운 도약을 위하여"라는 논설을 통해 한국사회를 식민지반자본주의사회라고 수정보도 한 데 기인한다. 이후 NL진영은 '식민지반봉건사회론'을 폐기하고 '식민지반봉건사회론'을 주장했다.

실제 북한은 60년대까지는 한국사회를 식민지반봉건사회로 규정했으나, 70년 11월 제5차 당대회 이후 식민지반자본주의사회로 평가해 왔음을 상기할 때 NL진영이 이를 모르고 있다가 한민전 방송 이후 수정한 것이다.

2) 한국사회의 모순관계

이상의 한국사회에 대한 인식에서 NL진영은 한국사회가 미국과 한국민중과의 모순 즉 민족모순과, 파쇼통치체제와 그 물적 기반인 매판자본과 민중과의 모순인 계급모순이 중첩되어 있다는 것이다. 이중 가장 중요한 모순은 미국과 한국민중과의 모순이라는 것이다. 여기서 왜 NL진영이 반미자주화투쟁을 가장 중심으로 생각하는지에 대한 이유가 발견되는 것이다.

3) 한국사회혁명의 본질과 임무

한국사회에 대한 평가와 모순규정에 의하면 한국혁명의 본질은 '미국의 식민통치를 척결하고 민족의 자주성 실현을 그 중심내용으로 하는 사회혁명으로서 본질에 있어서 민족해방혁명'이라는 것이다. 그 이유로는 한국사회에서 민중의 자주성을 유린하는 세력은 국가주권과 생산수단을 장악하고 사회의 전 영역에서 지배적 우위를 차지하고 있는 미국과 그 대리집단인 매판자본가, 지주, 상층관료들이며, 자주성을 억압당하는 계급 계층은 노동자, 농민, 청년학생, 진보적지식인, 도시소자산계급, 일부 애국적 민족자본가, 애국적 군인이기 때문이라는 것이다. 이중에서 미국이야 말로 한국민중의 자주성을 억압하는 주범이라는 것이다. 이들에 따르면 매판자본가, 지주, 상층관료는 미국에 의해 육성되고 비호되는 대리세력이고, 민족모순이 해결되면 다른 모순도 해결되는 결정적 요인이 된다는 것이다.

민족해방운동으로서의 한국사회변혁운동의 기본임무는 미국지배와 그 대리세력의 군사파쇼통치를 청산하고 사회의 자주화와 민주화를 실현하는 것이다. 그런데 한국의 변혁운동은 민족이 분열되고 국토가 양단된 나라의 반쪽에서 수행된다. 그렇기 때문에 한국변혁운동은 민족해방의 임무와 민주주의적 임무를 수행함과 동시에 조국의 자주적 평화통일을 실현해야 할 민족사적 임무도 있다고 NL진영은 보고 있다. 여기서 자주적이라 함은 미국의 식민지적 통치를 없앤다는 것이고, 평화적이라 함은 민족자주정부수립 후 북한과의 연방제 통일을 말한다.

이러한 임무로부터 NL진영은 3대투쟁과제를 도출해 낸다. 3대투쟁이란 반미자주화투쟁, 반독재민주화투쟁, 조국통일촉진투쟁을 말한다. 이러한 3대투쟁 가운데 반미자주화투쟁이 항상 최우선 과제로 나선다. 왜냐하면 그들이 보기에 미국이야 말로 모든 모순의 근원이기 때문이다. 따라서 해당시기에 투쟁을 전개함에 있어서 반미자주화투쟁을 중심으로 다른 투쟁을 결합해야 한다는 원칙을 지켜야 한다는 것이다. 이들이 보기에는 군부독재에 반대하는 투쟁은 반미자주화를 실현하는데 유리한 사회적 여건을 조성해 준다고 보고 이 투쟁을 통해 미국의 한반도 식민통치의 기반에 균열을 내고 민족자주역량을 성장 시키는데 유리한 여건을 만들어야 한다는 것이다.

80년대 중반 이후 학생운동이 반독재 투쟁을 벌인 것은 이러한 투쟁전술에 입각한 것이다. 따라서 이들이 자신들의 투쟁을 민주화투쟁으로 부르는 것은 잘못된 것이다. 그들은 민족해방민중민주주의혁명 투쟁을 한 것이다. 조국통일촉진투쟁 또한 이를 가로막고 있는 주 세력이 미국과 그 대리통치세력인 군부독재권력이라는 본질에는 변함이 없으나, 남한의 반쪽혁명을 전 한반도 차원에서 진행한다는 의미에서 그 독특한 지위를 가진다. 그 구체적 내용으로는 연북의식 고취와 연방제 통일방안의 선전 등을 들고 있다.

4) 한국사회혁명의 대상과 동력

대상이란 혁명의 주요한 공격목표를 말하고, 동력이란 누가 이 혁명의 주요한 세력으로 나서는가에 대한 문제를 말하는데, 공산주의혁명의 전략전술상 중요한 일부분을 차지한다. 그 시기, 그 사회에서 인간의 자주성을 유린 억압하는 세력, 즉 반동적 착취세력과 제 세력이 혁명운동의 대상이다. 이들에 따르면 미국과 반동관료배, 매판자본가, 지주 등이 대상이다.

동력은 주력군(기본동력)과 보조역량으로 나뉜다. 주력군이란 그 계급, 계층의 생활적 처지로 볼 때 당면혁명에 가장 절실한 이해관계를 가지며, 혁명의 완수를 위해 끝까지 가장 철저하게 싸울 수 있는 세력을 말한다. 한국사회에서는 노동자, 농민, 청년학생, 진보적지식인 등을 말한다.

보조역량은 혁명수행에 있어서 이해관계의 절실함이나, 투쟁에 있어서 철저함은 주력부대보다 떨어지며, 투쟁에 있어서 동요성을 보이기 쉬우나, 이들도 자주성을 유린 억압당하고 있기 때문에 당면 혁명에 이해관계를 가지고 있기 때문에 보조역량으로 통일전선이라는 형태로 묶어야 한다는 것이다. 그러나 보조역량은 끊임없이 동요하는 세력이기 때문에 협력하면서도 비판하는 관점을 유지해야 하며, 일 단계 혁명이 수행되고 나면 이들 또한 다음 혁명의 대상으로 전락하게 된다.

4. 혁명이론과 전략·전술의 상호관계

혁명이론은 식민지사회의 예속적 성격과 사회계급적·경제적 제 관계로부터 객관적으로 규정되는 운동의 성격과 임무, 동력과 대상을 밝혀 준다면, 전략과 전술은 혁명운동을 주체적으로 조직·전개하여 최후의 목표인 남한혁명을 달성하는 데 필요한 경로와 방법을 밝혀 준다. 혁명운동의 이론과 전략·전술은 서로 밀접히 연관되면서 각기 다른 내용을 갖는다.

전자가 해당 전략단계에서 혁명의 주체세력에 의해서 이룰 수 있는 객관의 반영이라면, 후자는 혁명의 주체세력이 어떻게 투쟁할 것인가 하는 대단히 주체적인 문제와 연관되어 있다. 실천의 방도와 방향을 결정짓는 것은 전략·전술이다.

북한의 대남혁명전략·전술은 우선 전략수립에 있어서의 전략목표와 주공방향, 전략노선의 원칙, 전략적 역량편성 계획 및 역량성장단계 전망, 통일전선원칙과 운용방법 등을 다룬다. 전술수립에 있어서는 정세·역량에 따른 전술시기 판단, 전술목표 설정, 투쟁형태, 조직형태, 선전선동방침, 전술적 지도의 원칙과 방법 등의 문제를 다룬다.

5. 북한의 전략·전술 수립의 원칙

전략은 혁명의 기본임무를 실현하기 위해서 해당 각 단계의 전기간에 걸쳐서 견지하는 '일반적인 투쟁방침·투쟁강령'이다. 혁명의 전략에는 해당 혁명단계에서 도달해야 할 목표와 공격방향, 혁명역량편성과 투쟁의 기본방침이 포함된다.

전술은 정세의 변동에 따라 변하는 '구체적인 투쟁방침'이다. 전략은 혁명의 기본임무 수행에 직접 역할하며, 전술은 전략의 실현에 종속된다. 북한의 전략·전술 수립의 기본원칙은 광범위한 대중을 혁명투쟁에 어떻게 참여 시킬 수 있는가와 혁명투쟁에서 대중들의 역할을 높일 수 있는가라는 문제와 관련이 있다. 그러나 여기서 대중의 참여와 역할을 높이는 것은 자발적인 대중들의 참여가 아니다.

북한의 전략·전술에 따르면 대중들은 자발적으로 혁명에 참여하지 않는다. 전위당 혹은 전위조직의 지도와 이들에 의한 지속적인 폭로와 결합될 때만 혁명에 참여한다고 보고 있다. 이를 북한에서는 '대중노선'이라고 부른다.

대중노선은 광범위한 대중을 어떻게 각성시키고 조직적 결집을 부여하며 대중투쟁의 대열로 일으켜 낼 것인가 하는 관점을 말하며 이는 혁명운동의 전 과정에서 일관되게 관철되어야 한다고 강조하고 있다. 앞서 말한바 있지만 북한의 대중노선은 지도 즉 전위당이나 전위조직의 역할을 배척하는 것이 아니라 정반대로 이러한 지도와 결합되어야 한다고 주장하고 있다. 여기서 지도의 역할은 대중

의 상태와 준비정도에 정확히 부합할 수 있어야 하며 대중의 이해
관계와 요구에 기반 한 투쟁전선의 형성에 일차적인 목표를 두어야
한다고 가르치고 있다.

전술수립의 원칙으로는 첫째, 전술은 전략의 일부분이므로 철저
히 전략적 원칙이 관철되어야 하며 전략에 봉사해야 한다. 따라서
전술적으로 다소 앞서간다고 하더라도 전략을 위해서 필요 하다면
선도적으로 투쟁을 계획한다. 84년 서울대에서 있었던 '미제용병
전방입소반대 투쟁'의 경우가 이에 해당하고, 87년 말에 주사파들
이 들고 나왔던 '북한 바로 알기 운동' 등이 그것이다.

둘째, 조성되어있는 객관정세와 주체역량을 면밀히 계산한 위에
전술목표를 수립하고 이후 전개될 상황을 냉정히 예견하면서 구체
적이고 책임성 있는 계획을 수립되어야 한다고 가르치고 있다. 역
량타산은 손자병법에도 강조되어 있는 것이다. '지피기기면 백전백
승'이라는 말과 같은 맥락이다.

셋째, 대중의 요구에 튼튼히 결합하는 것을 기본관점에 두고 동
시에 전체운동의 통일과 단결의 기반을 공유해 나가려는 원칙을 견
지하라고 지적하고 있다. 이는 한부문의 투쟁이라도 전체의 혁명투
쟁에 어떻게 기여할 것인가를 고려하라는 말이다.

6. 주요 투쟁방향과 목표

북한의 전략·전술에서 주요 투쟁방향은 혁명이론에서 지적한대로 남한사회를 미국의 식민지로 보고 있기 때문에 미국에 반대하는 투쟁에 두고 있다. 이는 투쟁의 주된 힘을 어디에 돌릴 것인가 하는 문제이다. 혁명투쟁에서 한정된 자원을 가지고 선택과 집중을 할 필요가 있다. 이는 선택과 집중의 문제이기도 하다.

　목표란 운동을 어디까지 끌고 나갈 것인가 하는 문제이다. 운동이란 목표를 바로 세워야 그것에 도달 할 때까지 운동을 중단 없이 끝까지 밀고 나갈 수 있다. 목표는 '민족자주정권의 수립'이다. 민족자주정권이란 민족해방인민민주주의혁명을 통해서 남한에서 정권을 탈취하여 북한의 영향력 하에 있는 정권을 말한다.

　공산주의혁명투쟁에서 정권의 문제를 항상 중시한다. 그들이 보기에 정치란 사회의 지휘기능을 말하는 데 정권을 탈취해야 그들이 목표로 하는 사회주의사회의 수립이 가능하다고 보기 때문이다.

7. 역량편성

　북한의 전략·전술론에서 역량편성은 중요한 문제이다. 역량편성에 관한 문제는 어떤 계급이 투쟁의 주요동력 인가에 대한 분석에 기초하고 있다. 북한과 전위당이 어떤 계급에 튼튼히 뿌리박아야 해당 혁명투쟁을 지속적으로 전개할 수 있는가에 대한 문제이다. 북한은 역량을 주된역량과 보조역량으로 나눈다. 주된역량은 기본

계급과 지도조직을 말한다. 기본계급은 노동자, 농민, 청년학생을 말한다. 원래 공산주의 이론에는 청년학생을 쁘띠부르주아라고 하여 동요계층으로 보았다. 그러나 북한은 남한의 혁명투쟁에서 학생들이 치지하는 위상을 감안하여 기본계급에 포함시켰다.

보조동력은 혁명투쟁은 기본적으로 광범위한 대중을 참여시켜야 성공할 수 있다고 보고 있기 때문에 기본역량만 가지고는 혁명투쟁을 성공시키기 어렵다고 보고 보조역량을 혁명투쟁에 동원하는 방안으로 마련된 것이다. 보조역량을 동원하는 방법으로 통일전선을 구축할 것을 가르치고 있다. 북한이 말하는 보조역량이란 지식인, 중소상공인, 민족자본가, 종교인 등을 말한다. 북한이 올해 신년사설에서 반보수주의연합전선의 구축을 지시한 것은 이러한 통일전선론에 기반한 것이다.

북한은 통일전선을 구축함에 있어서 항상 지도조직의 지도를 전제로 하고 있다. 지도란 투쟁의 방향과 목표를 일관되고 관철시키는 것을 말한다. 따라서 해마다 신년 초에 북한에서 발표되는 신년사와 반제민전의 신년사를 보면 그 해 투쟁방향과 목표를 알 수 있다. 남한의 운동권이 거의 모든 조직이 동일한 구호를 들고 나오는 것은 이러한 지도가 관철되고 있다고 보아야 한다.

8. 대중의식화와 대중조직화

북한의 전략·전술론에 따르면 대중은 자발적으로 투쟁에 참여하지 않는다. 따라서 대중을 혁명투쟁에 끌어들이기 위해서는 대중의 의식화가 중요한 과제로 나선다. 의식화의 주요내용은 혁명이론에 대한 학습과 투쟁전략과 전술에 대한 이해, 그리고 해당 시기에 있어서 구체적인 투쟁목표와 전술을 대중들에게 선전 선동하는 것이다. 이러한 선전 선동을 구체적인 폭로와 함께 해야 효과를 발휘한다고 가르치고 있다.

80년 광주투쟁에서 미국의 항공모함이 부산에 와있었다는 사실을 폭로하고 이는 전두환 정권의 배후에는 미국이 있다는 증거라고 선동한 것은 구체적인 예이다. '미선이 효순이' 사건도 동일한 맥락이다. 북한은 대중의식화에서 가장 중요한 것은 반북의식을 제거하고 반제의식과 연북의식을 갖게 하는 것을 목표로 한다. 최근 전교조 교사가 북한의 역사교과서를 통일교육이라고 가르치고, 북한의 선군정치를 찬양하는 문건을 가르치는 것은 이러한 대중의식화 사업의 일환이다.

의식화의 단계는 크게 3단계로 나눈다. 현실의 제반모순과 제국주의 억압을 인식하고 투쟁의 의지가 생기는 것이 1단계이다. 투쟁의 각오가 점점 높아져 혁명운동에 투신하는 것이 2단계다. 3단계는 투쟁방도에 대해 정확히 이해하고 풍부하게 전술을 구사할 수 있는 정도가 되어 지도를 받음과 동시에 대중을 지도하는 단계를 말한다. 대중을 지도하는 단계의 사람을 '혁명적 대중'이라고 부른다.

대중들은 투쟁 속에서 대중적으로 의식화되고 대중의식화를 통해서 대중조직으로 구체적인 성과를 나아야 된다고 북한은 가르치고 있다. 이들에게 조직이야 말로 혁명의 무기이다. 87년 노동자 투쟁을 통해서 노조와 민주노총이라는 대규모 조직이 탄생한 것은 대중투쟁과 대중의식화 사업의 결과이다.

대중투쟁과 대중의식화를 위해서 가장 중요한 것은 선전과 선동이다. 이들은 의식화를 논리와 이론의 학습으로만 생각하지 않는다. 투쟁으로 생각한다. 선전이란 어떤 논리체계를 설명, 이해, 신념화 시키는 것을 말한다. 선동이란 보다 직관적인 방법으로 대중들이 기존에 가지고 있던 의식에 강한 충격을 주면서 투쟁에 나서라고 호소하는 것을 말한다.

광주에서 이들이 진압군에 의해 여자의 유방이 잘려 나갔다고 주장한 것은 선동의 일종이다. 48년 대구폭동 때 병원에 있던 시체를 끌고 다니며, 경찰에 의해 살해당했다고 주장하는 것 또한 대중들의 공분을 일으켜 혁명투쟁에 참여 시키려는 선동술이다.

9. 준비기와 결정적 시기의 전략·전술적 지도

북한의 전략·전술론은 시기를 준비기와 결정적 시기로 나눈다. 준비기란 미국을 몰아내고 사대매국세력을 청산하기 위한 결정적 투쟁을 준비하는 시기를 말한다. 결정적 시기란 혁명투쟁의 최종 단계로서 총역량을 결집하여 미국과 사대매국세력에 전면적인 총공세를 펴는 것을 말한다.

준비기의 전략·전술적 지도에서 중요한 것은 첫째, 무모한 희생을 줄이면서 적극적인 투쟁을 통해서 혁명의 역량을 튼튼히 하는 것이다. 이에 따르면 무모한 투쟁을 통해서 혁명의 역량을 낭비하는 것을 '좌경 모험주의'라고 불러 경계한다. 레닌은 이를 '좌익 소아병'이라고 불렀다.

둘째, 투쟁을 낮은데서 높은 데로 발전시킨다. 그러나 낮은 투쟁이라고 해서 전략과제와 항상 결합시켜야 한다고 가르치고 있다. 87년도에 남한의 주사파들이 달고나왔던 구호 중에 '전두환 정권 타도하자'는 구호는 국민들이 전두환 정권을 싫어하는 것을 이용하는 낮은 단계의 구호이다. 그러나 이 시기에도 높은 단계의 구호도 같이 등장했다. '군사정권 지원하는 미국놈들 몰아내자'라는 구호가 전략적인 구호이다.

셋째, 각 전술의 시기마다 해결해야 할 중심적인 정치적 과제를 투쟁구호로 제시하고 그것을 철저히 실현하도록 투쟁을 지도해야 한다. 87투쟁 당시 '호헌철폐 독재타도'라는 구호를 들고 나왔지만 그 투쟁을 통해서 수립되는 정부를 '자주적 민주정부'라고 불렀고 이를 적극적으로 대중들에게 알리려고 노력했다. 자주적 민주정부란 기본적으로 군사정권으로부터 권력을 민주정부로 이양시키지만 그 정권은 사회주의 혁명을 위한 징검다리 역할을 하는 정부라는 뜻이다.

결정적 시기의 지도원칙으로 중요한 것은 정세를 정확히 판단하는 것이 중요하다고 가르치고 있다. 만일 잘못 판단해서 결정적 시기가 아닌데 총공세로 나서다가는 중대한 혁명역량을 모두 잃게 되기 때문이다. 이 시기에는 지하에 숨어있던 전위당 혹은 전위조직이 전면에서 투쟁을 이끈다.

북한 민주화운동 실천론

　최근 대학가 내에 주목할 만한 변화가 일어나고 있다. 대학생을 주축으로 북한의 민주화를 위한 시위가 국가인권위 앞에서 벌어졌다. '북한민주화학생연대'와 '한반도인권수호학생위원회'가 보름의 시차를 두고 국가인권위원회 사무실 앞에서 북한주민의 참상을 알리는 사진전과 퍼포먼스를 벌렸고, 북한의 인권을 외면하는 인권위를 규탄했다.

　이러한 조짐은 이미 금년 봄 대학가에서 있었다. 이화여대에서 축제기간에 북한인권 사진전과 강연회가 있었다. 대학가에서 총학생회 행사에서 최초로 북한인권을 주제로 한 행사가 벌어진 것이다. 소극적인 행사에서 이제 북한인권을 주제로 한 대학생의 시위까지 적극적인 의사표명의 단계로 발전하고 있는 것이다. 이제 대학가가 친북주사파의 아성에서 대한민국의 가치를 옹호하고, 북한의 민주화를 위한 든든한 기지로 탈바꿈하고 있는 것이다.

86년 초 서울대를 중심으로 한 세칭 NL계열이 대학을 장악한 이래 최근 까지 대학가는 친북 주사파의 견고한 아성이었다. 북한의 주의 주장은 대학가에 공공연히 퍼졌다. 총학생회는 민족해방과 민중민주주의를 외치는 세력에게 완전히 장악되었고, 다수의 학생들 또한 이를 받아들였다. 학교신문은 북한의 주장이 유포되는 선전 창구였다. 대자보나 유인물을 통해서 북한의 주장은 바로 다음날 학생들이 받아볼 수 있었다. 한마디로 그 당시 대학가는 주사파들의 혁명을 위한 해방구였던 것이다. 당시 대학가에서는 이들의 목소리를 제외하고는 어떠한 다른 목소리도 들리지 않았다. 소수의 다른 생각이 있더라도 이들은 눈을 부릅뜨고 달려드는 서슬 퍼런 운동권에 눌려 감히 다른 목소리를 낼 수 없었다.

당시 대학가를 장악했던 주역들이 이제 무대를 정치로 옮겨갔고 얼마가 지나지 않아 이들은 이제 정권의 핵심부를 장악하고 대한민국의 주류세력을 역으로 포위하고 압박하고 있다. 최근 대한미국의 심장부에서 일어나고 있는 이상한 일들은 이제 더 이상 이상한 일도 아닌 것이 되었다. 이들은 대학가를 장악하듯이 대한민국의 심장부를 장악해가고 있다. 방송은 이제 저들의 더할 나위없는 선전도구로 전락했다. 공중파 방송을 타고 공공연하게 반미를 외치고 있고, 대한민국의 역사는 오욕의 역사로 변질되어버렸다. 정권의 핵심 곳곳에 반미를 주장하던 세칭 재야인사가 포진되어 대한민국의 주류세력 교체가 공공연히 진행되고 있다. 이러한 현재의 사정은 80년대 대학가와 청년이 소수의 주사파의 선전과 선동에 동의한 데 있다. 그들의 20년에 걸친 노력과 무기력한 우익의 대응이 낳은 결과이다.

그러나 이들의 전면적인 주류교체 작업의 진행과 맞물려 이들에 대한 대항도 그 강도를 더해가고 있다. 대한민국이 더 이상 친북주사파의 활동공간이 되어서는 안 된다는 자각과 실천이 일어나고 있는 것이다. 작년 10월 4일의 시청 앞 집회는 우익의 최초의 좌익에 대한 대중적 저항이고 시위였다는 것은 주목할 만하다. 시청 앞에 자발적으로 모인 30만 인파는 아직도 대한민국이 희망이 있다는 사실을 몸으로 보여 주었다. 작년 하반기 이래 시청 앞 공간은 더 이상 좌익의 전유물이 아니었다. 오히려 우익의 힘찬 함성이 메아리치는 우익의 실천공간이었다. 이제 대한민국을 지키고자하는 운동은 다시 청년학생에게로 불길이 번지고 있다. 그 전조가 북한인권을 위한 대학생들의 실천인 것이다.

그러나 이제 시작된 우익의 대한민국 지키기 운동은 걸음마 단계이다. 세밀하게 수립된 전략과 전술을 바탕으로 이루어지기보다는 좌익에 대한 자생적인 반대와 저항의 수준을 넘어서고 있지 못하다. 좌익들의 전 방위에 걸친 총체적 공세에 수세적으로 대응하고 있는 것이 현재 애국운동의 실정인 것이다. 이글은 애국운동의 진로에 커다란 위치를 치지하고 있는 북한민주화운동의 전략적 실천에 대한 기초적인 논의의 출발을 시작하려는 소박한 의도이다. 이제 애국운동은 수세적이고 자생적 운동에서 공세적이고 전략전술이 있는 계획적인 운동으로 발전해야만 한다. 이를 위한 실천적 고민이 한층 깊어지기를 기대한다.

1. 현 정세의 특징과 투쟁방향

1) 한·미동맹의 와해와 민족공조론의 강화

6·15남북공동선언이 발표된 지 만 5년이 지났다. 북한의 내부문건에는 6·15공동선언 이후 남한에서 조성된 정세에 대한 언급이 있다. "6·15공동선언 이후 남조선 사회의 력량관계에서 큰 변화가 일어났다"고 주장했다. 그 결과 "이제 남조선에서는 반공보수세력을 밀어내고 친북련공세력이 권력을 차지했다"고 말하고 있다. 구체적으로 "반공보수세력이 밀려나고 탄압 당하고 숨어살아야 했던 진보적 운동세력들이 활개를 펴고 주류로 등장"했으며 "당국의 탄압을 받던 운동권 출신들이 지금은 권력의 칼자루를 쥐었고" "〈386〉세대들이 사회의 중추는 물론 〈청와대〉에 까지 진출하는 등 지난 시기에는 상상도 할 수 없는 일이 벌어졌다"고 말하고 있다. 이 문건은 또 "남조선 인민들은 '민족공조'와 '한미공조'의 사이에서 대부분 '민족공조'로 나아가고 있어서, 여론조사를 해보면 보다 많은 남조

선 사람들이 핵문제로 북한과 미국 사이에 전쟁이 발생할 경우 미국 편에 설 것이 아니라 북한 편에 서서 미국과 싸워야 한다고 대답하고 있다"고 주장하고 있다.

어떻습니까? 단순한 북한의 허풍인가. 아니다. 오히려 현재 조성되고 있는 대한민국의 현실을 잘 표현한 문건이다. 작년 6·15공동선언 4주년 기념행사에서 서울에 온 북한대표는 TV로 중계된 공식행사에서 "6·15공동선언의 기본정신이 '민족공조'이니 만큼 남조선 당국은 이에 입각하여 국가보안법을 폐지하고, 국방백서에서 '주적'개념 엄급을 삭제하며, 탈북동포단체가 실시하는 '반북방송'을 중단시키라"고 당당히 요구했다. 남쪽의 책임 있는 당국자가 이러한 그들의 요구를 정면으로 반박했다는 보도를 접한 적 없다. 오히려 그들의 주장은 대부분 받아들여지고 있다. 금년 '8·15광복 60주년 행사'에 대한민국의 국기는 간데없고 정체불명의 한반도기가 국기를 버젓이 대신하고 있다. 행사장 앞에서 태극기를 나눠주던 애국단체 회원이 백주 대낮에 테러를 당하는 사태까지 발생해도 경찰이 수사에 나섰다는 보도는 없다.

금년 4월 미국의 헨리 하이드 하원 국제관계위원장은 "대한민국의 주적이 누군지 밝히라"고 공개적으로 요구한 발언이 보도를 통해 우리에게 전달되었다. 그의 정책보좌관인 데니스 헬핀은 인터뷰에서 "한미동맹은 죽어가고 있다"고 말했다. 대한민국의 전통우방인 미국은 우리에게서 점점 멀어지고 있고 그동안 대한민국을 적대시하던 북한은 공조의 대상으로 신속히 부상되고 있는 것이 오늘의 현실이다. 남한을 핵으로 위협하는 북한핵문제에 있어서도 북한의 핵 보유가 이유 있다는 주장이 정부 당국자들의 발언에 공개적으로 표현되었고, 협상과정에서도 남한정부는 당사자가 아닌 중재자로서 역할을 자임하는 이해 못할 사태까지 벌어지고 있는 것이다.

이러한 사태는 어느 날 갑자기 이루어진 것은 아니다. 이는 지난 20여년에 걸친 치열한 북한의 남한 분열공작의 성과다. 잘 알다시피 북한의 대남적화전술인 '민족해방 인민민주주의혁명론'에 따르면 대한민국은 그동안 미국의 식민지였다. 따라서 제1의 과제는 남한에서 미국을 몰아내는 것이다. 따라서 모든 투쟁에서 미국을 주적으로 하고 미국을 남한에서 몰아내는 것이 전체를 관통하는 기본 노선이다. 이러한 그들의 공작은 상당한 성과를 나타내고 있는 것으로 보인다. 북한의 혁명노선을 충실히 수행한 남한의 친북주사파들에 의한 공작의 결과다.

2) 대한민국의 정통성파괴와 주류세력교체작업의 진행

북한의 문건에 다음과 같은 대목이 있다. "지금 남조선에서는 역대 파쇼당국이 북한과 연결시켜 꾸몄던 각종 '사건'들을 탄압사건으로 재규명하고 오히려 지난 시기 탄압사건을 조작했던 교형리들을 처벌하고 있다." 작년 '의문사 진상규명위원회'의 하위 조사관이 대한민국의 현역 육군 대장을 조사하는 사건이 발생했다. 더군다나 그 조사관은 좌익활동으로 투옥 당했던 경력의 소유자였다. 북한의 표현대로 과거에는 꿈도 꾸지 못했던 경천동지할 일이 발생하고 있는 것이다. 뿐만 아니라 대한민국의 권력기관에 대한 대대적인 과거사 청산작업이 진행되고 있다. 국정원, 검찰, 경찰 등 대한민국 안보의 핵심기관들이 줄줄이 심판대 위에 서고 있다. 좌익사건의 특징은 대부분 이들이 증거를 남기지 않는다는 데에 있다. 따라서 이들은 조사 당시 시인하다가도 법정이나 다른 장소에서 이를 부인하고 있다. 이들은 고문 등에 의한 조작이라고 부인하고 있다. 이들의 주장은 대부분 그대로 받아들여지고 있다.

이들이 과거사 청산작업에 그토록 열을 올리는 이유는 무엇인가. 그것은 대한민국의 정통성과 정당성에 대한 해체작업으로 보아야 한다. 북한의 주체사관에 의하면 대한민국은 친일파에 의해 세워진 나라이고 이들이 해방 후 일제 대신 미국에 충성하는 식민지 나라이다. 친일파와 미국에 충성하는 반동관료배들은 미국의 요구에 따라 대한민국을 독재와 민중에 대한 억압으로 일관했다는 것이 북한의 주장이다. 따라서 대한민국은 애초부터 있어서는 안 될 나라였다. 이러한 해체 작업의 결과는 무엇으로 나타날 것인가. 대한민국의 부인과 상대적으로 북한에 대한 도덕적 정당성을 부여하자는 것이다. 나라의 정통성과 정당성이 부인된 상태에서는 누구도 그 나라를 위해 충성하고자 하지 않는다. 정당성과 정통성이 사라진 마당에 누가 그것을 지키기 위해 목숨을 바치겠는가. 이는 대한민국을 내부로부터 허물려는 북한의 전략과 일맥상통한다.

앞서 언급했던 북한의 문건에 대한민국의 주류교체작업이 잘 표현되어 있다. 그들의 주장은 친북련공세력이 권력을 장악했고, 진보적 운동세력이 주류로 등장했으며, 386세력이 대한민국의 중추와 심지어 청와대까지 장악했다는 것이다. 오늘날 대한민국의 주류교체 작업은 북한의 대남공작을 고려하지 않고서는 설명할 길이 없다. 80년대 후반 주사파 운동세력이 북한의 공작방송인 '구국의 소리방송'을 청취하고 그들의 지침을 성실히 수행했다는 사실은 더 이상 비밀이 아니다. 수십 년에 걸친 북한의 대남 공작이 오늘에 이르러 결실을 맺고 있다고 보아야 사태의 본질을 제대로 보는 것이다.

3) 투쟁방향

현재 대한민국에서 조성되고 있는 정세의 배후에는 북한의 공작과 이에 추종하는 세력의 집요한 대한민국 허물기 작업이 있다. 애국운동이 현 정세를 돌파하고 애국운동이 유리한 정세로 조성하려면 문제의 본질에 대한 접근과 고찰이 있어야 한다. 이에 대한 고려가 없이는 우리의 애국적 활동이 고립적이고 분산적으로 진행되어 효과적으로 운동이 진행될 수 없는 것이다.

대한민국의 정통성을 지키고 이를 굳건히 하려는 애국운동의 방향은 북한 김정일 정권의 대한민국파괴 공작의 본질과 이에 야합하는 세력의 위장공세를 벗겨내야 한다. 무엇이 우리 애국운동의 진로를 막고 있는가. 바로 북한의 김정일 정권이다. 최근 김정일 정권은 대한민국의 정치에 깊숙이 개입되어 있다. 차기 대권주자로 유력시 된다는 정동영 통일부장관의 경우를 보더라도 이는 입증되고 있다. 그가 통일부장관으로 취임한 이래 북한과의 교섭이 진전이 없자 전전긍긍했다. 그러나 금년 북한의 김정일과 만난 다음 그는 김정일을 칭찬하기에 여념이 없다. 그의 대권가도에 북한과의 관계 개선이 효과적으로 작용하고 있다는 현실을 보여주고 있는 것이다. 이와 같은 일은 앞으로도 줄줄이 벌어질 가능성이 있다.

대한민국의 유력한 차기 대권주자가 김정일의 영향력과 무관하지 않다는 현실은 김정일 정권의 본질과 그 위험성이 제대로 대중적으로 알려지지 않아서 이다. 실감 있게 대중적으로 전달되지 않아서이다. 김정일 정권의 폭력성과 야만성이 대중적으로 알려진다면 그 어느 누구도 그와 연관되는 것을 꺼려할 것이다. 그와 연관되거나 이를 옹호하는 세력은 대중들로부터 고립을 면치 못할 것이다. 따라서 애국운동의 모든 활동은 이에 맞추어져야한다. 남한 내 친북좌경세력은 김정일 정권과 운명공동체이다. 김정일 정권의 본질이 밝혀지는 날 그들의 설자리는 그 어디에도 없다. 소련이 무너지고 공산독재정권의 야만적 지배의 내용이 세상에 알려지면서 전 세계 좌익들이 받았던 충격은 엄청나다.

북한 김정일 독재정권이 무너지고 이들에 의해 자행된 북한동포에 대한 야만적 탄압이 폭로되는 날 친북좌익세력이 종말을 고하는 날이 될 것이다. 우리의 운동은 단순히 남한 내의 친북좌익세력의 활동을 저지하는 것에서 한걸음 더 나아가야 한다. 친북좌익세력의 본거지인 북한 김정일 정권을 직접 겨냥하는 투쟁으로 나아가야 한다. 이러한 투쟁이 성공적으로 수행될 때 우리 애국운동의 궁극적인 승리를 이룰 수 있는 것이다. 애국운동의 이러한 투쟁이 현재 조성된 정세와 역량관계를 비추어 볼 때 어렵고 힘든 과정인 것은 분명하다. 그렇다고 피해갈 수 없다.

4) 북한인권운동은 애국운동의 궁극적 승리를 위한 중요한 고리이다

애국운동의 궁극적 승리를 위한 투쟁에 있어서 이를 실현시켜주는 가장 중요한 약한 고리는 무엇인가. 투쟁에 있어서 약한 고리란 우리의 적은 힘으로 최대의 성과를 낼 수 있는 지점을 말한다. 이는 구체적으로 운동대상의 가장 취약점을 말한다. 그 고리를 공격하여 끊어냄으로서 우리 운동의 승리를 앞당기는 지점을 말한다. 북한 김정일 정권과 친북좌익세력의 가장 취약한 고리는 무엇인가. 그것은 북한인권문제이다. 북한정권에 의해 이루어지고 있는 동포들에 의한 인권 탄압의 참상이 탈북한 동포들에 의해서 구체적으로 알려지고 있다.

강철환 기자의 북한정치범수용소의 참상을 폭로한 책은 이제 대중적으로 알려지고 있다. 그 책을 본 사람들은 어떻게 이런 일이 있을 수 있느냐 하는 반응을 보이고 있다. 금년 3월에 북한에서 있었던 공개 총살장면이 인터넷을 통해 대중적으로 알려지고 있다. 수업시간에 이를 본 대학생들의 반응은 충격 그 자체였다고 한다. 한 대학생은 그가 이제 까지 좌익을 심정적으로 옹호했다고 밝히면서 그 영상으로 자신이 얼마나 어리석었던가를 깨달았다는 반성을 담은 장문의 글을 게시판에 게재했다고 한다.

친북좌익은 북한인권문제만 나오면 수세적 대응으로 일관한다. 그들이 그동안 보여준 대한민국의 정통성에 대한 적극적 공세를 감안 한다면 이들이 얼마나 곤혹스러워하는지 짐작이 간다. 이들의 대답이란 고작 북한정권을 자극해 남북화해무드에 지장을 초래할 것이라는 궁색한 변명뿐이다. 더군다나 친북좌익세력은 그동안 인권을 옹호하는 세력으로 자신을 포장해왔다. 이들은 이라크 국민의 인권을 말하고 아시아와 아프리카 나라국민의 인권을 말해왔다. 그러나 정작 북한동포의 인권에는 꿀 먹은 벙어리다.

친북좌익세력의 위장이 폭로되는 지점이 북한의 인권문제라는 사실을 이들의 궁색한 변명에서 오히려 확인할 수 있다. 북한인권문제는 김정일 정권과 친북좌익세력을 우리 국민으로부터 떼어놓을 수 있는 가장 강력한 무기이다. 북한인권문제가 대중적으로 제기되면 될 수록 이들은 궁지에 몰리고 정당성을 상실당할 것이다. 모든 운동은 상대방의 약점을 우리의 공격방향으로 삼아야 한다.

인권의 문제는 더 이상 설명이 필요 없는 인류 보편의 문제이다. 사실과 진실이 우리에게 있다.

2. 북한민주화운동은 그 본질에 있어서 남쪽에서 이루어진 번영의 자유민주주의를 전국적으로 실현하는 운동이며, 애국운동의 전략적 방향이다.

1) 북한민주화운동은 정의로운 운동이다

1945년 해방공간에 두 가지의 나라건설운동이 있었다. 하나는 자유민주주의 나라를 건설하자는 운동이었고, 다른 하나는 소련과 김일성에 의해 진행된 사회주의 나라를 건설하자는 운동이었다. 남쪽은 대다수 국민들의 자유로운 의사인 선거에 의해서 자유대한민국이 건설되었다. 반면 북쪽은 애초 북한에 사회주의나라를 건설할 의도를 지닌 소련에 의해서 사회주의국가가 건설되었다. 60년이 지난 현재 결과는 어떠한가. 남쪽은 우여곡절을 겪긴 했지만 오늘날 세계 10대 무역국으로 성장했고 제3세계 나라들이 부러워하는 성공의 모범이 되었다.

반면 북한은 어떠한가? 오늘의 북한은 300만 이상의 국민이 굶어죽게 만든 세계 최악의 나라로 공인된 지 오래다. 해방 당시 우리보다 사정이 좋았던 북한이 세계 최악의 나라로 전락한데는 어떤 이유가 있는가? 대한민국에는 자유민주주의가 실현되었고, 북한에는 이것이 아닌 공산독재가 있었다는 차이 외에는 아무것도 없다. 이것의 차이가 오늘날 하늘과 땅만큼의 차이를 낳았던 것이다.

북한민주화운동은 남한에서 실현된 자유와 번영을 북한에도 실현해야 한다는 우리 민족의 시대적 사명을 이룩하기 위한 정의로운 운동이다. 김정일 압제에 신음하는 북한의 동포들을 폭정으로부터 해방시키는 정의로운 실천이다. 이는 남북한 모든 동포의 여망을 담은 고귀한 운동이다. 반만년의 공통의 역사를 공유한 우리 민족이 모두 하나 되어 나서야 하는 공동의 목표이다. 남한의 자유와 번영이 북한동포에게도 돌아가야 한다.

2) 북한민주화운동의 목표

북한민주화운동의 목표는 분명하다. 북한동포들의 자유와 번영을 가로막고 자신의 정권을 지속시키기 위해 북한동포를 죽음으로 내모는 김정일 독재정권을 타도하고, 북한지역에 자유민주정권을 수립하고, 궁극적으로 자유민주통일을 이룩하는 것이다. 이를 위해서는 김정일 정권과 그 하수인을 제외한 남북한과 해외의 모든 동포가 하나 되어 나서는 운동이다. 북한의 김정일 독재를 그대로 두고는 이러한 운동은 성공할 수 없다. 또한 김정일 독재정권을 비호하거나 이롭게 하는 모든 세력은 분명히 우리 운동의 극복대상이다. 이는 우리 애국운동의 과정에서 시종일관 관철되어야하는 원칙이다.

3. 북한민주화운동의 대중화를 위한 몇 가지 과제

모든 운동은 대중을 우리 편으로 끌어들이는 과정이고 이를 위하여 대중적 설득이 지속적으로 이루어져야 한다. 운동의 발전과정은 소수의 먼저 깨달은 사람으로부터 대중으로 나아가는 과정이다. 따라서 대중화는 운동 목표의 달성을 위한 필수 불가결한 요소이다.

1) 북한민주화를 위한 대중조직이 있어야 한다

현재 북한민주화운동은 각 방면에서 진행되고 있다. 대부분이 북한의 실상을 파악하고 탈북자들의 활동을 지원하는 일에 주력하고 있다. 이는 매우 시급하고도 긴요한 운동으로 지속적으로 진행되어야 할 우리 운동의 중요한 부분이다. 그러나 이러한 활동은 운동의 성격상 많은 수의 사람이 참여하는 데는 한계가 있다. 지금 우리에게 이러한 활동을 대중적으로 뒷받침하는 운동이 일어나야 한다. 북한의 참상을 국민들에게 지속적으로 알리는 실천조직이 있어야 운동의 대중화가 이루어 질 수 있다. 이러한 조직은 청년·학생을 필두로 애국적 지식인, 기독교인을 포함한 종교인, 여성 등 각계각층에서 각 단위에 맞게 이루어져야 한다.

2) 전국적으로 북한인권의 실태를 알리는 교육과 선전활동이 이

루어 져야한다

  운동은 실상을 아는 것에서부터 시작된다. 실상을 알아야 운동
에 참여할 결심을 한다. 따라서 북한인권사진전, 강연 등이 전국적
으로 순회 개최되어야 한다. 이를 위해서는 지방의 교회와 연대하
는 것이 중요하다. 지역 교회는 사람과 조직이 있다. 뿐만 아니라
교회는 김정일 수령독재체제와는 교리 상 양립할 수 없다. 김정일
독재체제는 하나님 대신에 수령이 그 자리를 차지하고 있다. 따라
서 우리 운동이 가장 빨리 확산되는 통로역할을 교회가 할 수 있다.
현재 모든 운동이 서울을 중심으로 진행되고 있다. 이는 빠른 시간
내에 전국으로 확대되어야 한다.

 3) 북한인권단체간의 네트워크가 있어야 한다

  운동이 발전하는 데는 원활한 정보교환이 필수적이다. 현재 각
자의 활동을 벌이고 있는 단체간의 네트워크가 형성되어야 원활한
정보교환과 향후 활동 발향을 공동으로 모색 할 수 있다. 네트워크
는 현재 가능한 수준에서 점차 확대하면 될 것이다.

  (미래한국 2005.11.30)

민중사관의 뿌리는 북한 주체사관

-민중사관 대해부

민중사관은 북한 주체사관에 입각한 민족해방 인민민주주의 혁명론이다

교과서 전쟁이 시작됐다. 박세일 한반도 선진화재단 이사장은 조선일보와의 인터뷰에서 교과서 문제는 지난 10년간 정부가 임무를 방기했다고 말하고 있다. 그렇다. 진작 시작되었어야 할 전쟁이었다.

교과서 전쟁은 '누가 한반도를 대표하느냐'의 문제다. 지난 70년간 대한민국과 북한 공산집단은 한반도의 대표성을 놓고 치열하게 대립해 왔다. 교과서 전쟁은 이 전쟁의 한 부분이다.

이 전쟁은 승자와 패자가 분명해져야 끝날 것이다. 통합진보당에 대한 헌법재판소의 위헌(違憲) 판결이 그 서막을 열었다면, 교과서 전쟁은 이제 이 전쟁이 본격적인 국면에 돌입했음을 보여주고 있다.

이 글에서는 1980년대 학생운동에 대한 분석을 바탕으로 실제 역사교육 현장에서 주체사상과 공산주의가 어떻게 적용되고 있는지를 추적하고자 한다.

민중과 민중사관의 정체

민중이라는 말이 우리 사회에 등장한 시기는 1980년대 운동권들이 학생운동의 방법으로 공산주의를 도입하면서부터다. 공산주의는 역사의 주체는 생산의 주역이지만 생산의 결과물로부터 소외받고 있는 피억압계급으로 봤다. 이는 노동계급을 말한다.

1917년 러시아 혁명 이후 1930년대 식민지 국가들은 식민지 억압에서 벗어나기 위해 반(反)제국주의 운동을 벌였다. 공산주의자들은 이런 반식민지 운동을 자신들의 세계 공산주의 혁명으로 편입시키기 위해 새로운 개념을 도입했는데, 그것이 반제(反帝) 반봉건 인민민주주의 혁명론이다. 이는 공산주의혁명론의 제3세계에 대한 적용이었다. '인민' 개념은 여기에서 나온 것이다.

당시 제3세계 식민지 국가들은 서구 자본주의 국가들과는 달리 농업을 비롯한 전(前)근대적 산업이 주를 이뤘다. 혁명의 주역이라고 평가되는 노동계급은 소수였다. 이들만 가지고 혁명을 성공시킬 순 없었다. 따라서 농민을 비롯한 전근대적 계급(계층)을 혁명에 끌어들이기 위한 노력이 필요했다. 노동자에 농민과 소상공인, 소자본가, 학생들을 비롯한 인텔리 집단, 종교인 등을 포함한 개념이 '인민'이다.

이 인민이란 개념을 대한민국에 그대로 쓰기는 적절하지 않았다. 6·25 전쟁을 경험한 많은 이들이 인민을 위한다는 공산주의자들의 가증스런 민낯을 너무 많이 보았기 때문이다. 인민이란 개념은 1980년대 '민중'으로 새롭게 포장되어 등장한다.

민중은 민족해방 인민민주주의 혁명론에서 혁명의 동력을 말하는 개념이다. 혁명은 대상과 동력으로 나뉜다. 혁명의 대상은 혁명을 통해 극복해야 할 세력, 동력은 혁명투쟁에 이해관계를 가지고 혁명 위업 수행에 이바지해 나가는 계급(계층) 가운데 기본 동력과 보조 동력을 말한다. 다시 말하면 혁명의 대상은 혁명을 통해 타도해야 할 세력을 말하는 것이다.

북한의 주체혁명론은 "한국혁명운동의 대상은 미제 침략세력과 그와 결탁한 매판자본가, 지주, 반동 관료배들이다. 이들은 한국에서 식민지 반자본주의 사회관계를 유지하려는 세력이며, 따라서 그것을 청산하기 위한 민족해방 민주주의 변혁을 결사적으로 가로막고 있는 반민족적, 반민중적 세력"이라고 규정하고 있다.

또 주체혁명론은 "한국혁명운동의 동력은 노동자, 농민, 청년학생을 비롯하여 미제와 그의 앞잡이들을 반대하는 각계각층의 광범위한 민중"이라고 규정하고 있다.

이를 구체적으로 보면 노동자, 농민, 청년학생, 진보적 인텔리 등이 기본 동력이다. 보조 동력은 도시 소자산 계층, 도시 빈민, 애국적 민족자본가, 애국적 군인과 하급관료 등을 말한다. 민중이란 이런 기본 동력과 보조 동력을 말하는 것이다. 북한의 혁명론이 포장을 바꿔 민중이라는 개념으로 대한민국에 자리 잡은 것이다.

민중의 등장

민중은 1980년대 학생운동과 지식인 계층에 절대적으로 통했다. 반민중적이라는 비판을 받으면 그 사회에서 반역으로 통했다. '민중적'이란 평가를 받는 것은 당시 학생운동권과 지식인 사회에서는 절대적 칭찬으로 받아들여졌다. 따라서 너도 나도 민중이라는 말을 수용했다.

반면 역대 정권은 반민중 세력으로 타도 대상이었다. 이승만은 미국의 앞잡이로 미국의 이익을 실현하기 위해, 서둘러 미국이 한국으로 데려온 한국의 민중과 적대적인 사람이었다.

박정희는 어떤가? 그 또한 미국의 앞잡이로, 그가 이룩한 산업혁명은 미국에 경제적으로 예속되는 노예의 길을 개척한 사람이었다. 대한민국 경제는 발전하면 할수록 점점 피폐해져서 급기야는

멸망의 길로 들어서게 된다는 것이다.

민중사관은 무엇인가? 역사학계의 원로인 이기동 교수는 조선일보와의 인터뷰에서 한국사 교과서 좌편향의 뿌리가 1980년대 국사학계에 대두한 민중사학에 있다고 진단했다. 이 교수의 말이다.

"편협한 민족 중심, 계급 중심을 앞세우는 민중사학의 정체를 알면 한국사 교과서의 왜곡은 당연하다는 사실이 이해됩니다. 그들의 한국 근현대사 기본 인식은 반(反)외세와 반(反)자본주의입니다. 대외적 측면에서 식민지 시대는 반일(反日), 광복 후는 신식민지 시대로 보아 반미(反美)가 중심이고, 대내적 측면에서는 민중 해방과 체제 타파가 목적입니다."(조선일보, 2015. 10. 22 인터뷰)

이기동 교수가 말하는 민중사학은 민중사관에 바탕을 둔 방법론을 말한다. 민중사관은 북한이 정식화한 주체사관을 말한다. 교과서 좌편향을 연구한 정경희 교수는 "민중사학은 북한 역사학계의 연구 성과가 남한에 유입되면서 대두한 마르크스주의 역사학의 일종이다. …민중사학은 한국의 근·현대사를 기본적으로 반봉건의 근대화와 반제국주의의 항쟁의 과정으로 파악하고 있다"라고 말하고 있다.

정 교수는 "민중사학은 '역사 발전의 주체가 민중'이라는 명제에서 출발하는 역사관"이라며 "한마디로 민중이 주체가 되고, 주인이 되는 사회를 건설하기 위해 변혁을 모색하는 게 그 주요 목표"라고 말했다.

그는 이어 "민중사학은 대한민국을 여전히 제국주의 미국의 식민지라고 인식하고 있으며, 우리의 근·현대사를 지배계급과 기층민중의 대립 구도로 파악하는 마르크스-레닌주의 역사관의 한 형태"라고 정의하고 있다.(조선pub, 2014. 1. 25 인터뷰)

이기동 교수와 정경희 교수의 말을 요약하면 대한민국 교과서가 왜곡되기 시작한 것은 북한의 역사관과 역사연구 방법론이 대한민국에 도입되기 시작하면서부터다. 북한 역사관의 도입 시기는 학생운동에 주체사상과 그 혁명론이 도입되기 시작하는 시기와 정확히 일치한다.

역사문제연구소(1986년), 한국역사연구회(1988년), 구로역사연구소(현 역사학연구소, 1988년) 등이 이 시기 설립된 역사 관련 연구소들이다. 학생운동에 북한 주체사상 도입이 1984년 말이고, 학생운동이 일반화된 시기가 애학투(전국 반외세 반독재 애국학생투쟁연합) 발족식(소위 건국대 투쟁)이 있던 1986년이었다.

사실 한국의 역사학계는 북한의 역사관과 방법론에 대해 무지했다. 북한 역사학을 연구하는 사람도 없었다. 학생운동에서 북한의 역사학과 방법론이 소개되자, 들불처럼 갑자기 번진 것이다. 그 결과 역사 문제를 연구하는 단체들이 대한민국에 출현한 것이다. 이들에 의해 진행된 북한 역사학 연구와 도입이 오늘 대한민국 교과서 좌편향을 이뤄 낸 것이다.

북한의 역사관과 역사연구 방법론

북한의 주체사상을 해설한 《민족자주화운동론 I 》에서 조진경(가명)은 "주체사상의 사회역사원리 즉 주체사관은 인간관, 철학원리와 긴밀한 내적 연관을 가지는 네 가지 기본명제로 구성되어 있다. …인민대중은 사회역사의 주체이다. …인류의 역사는 인민대중의 자주성을 위한 투쟁의 역사이다. …사회역사운동은 인민대중의 창조적 운동이다. …혁명투쟁에서 결정적 역할을 하는 것은 인민대중의 자주적인 사상의식이다"로 요약 설명하고 있다.(조진경, 〈민족자주화운동론 I 〉, p332~337, 백산서당, 1988년, 서울)

주체사상에서 인민대중(즉 민중)이 사회역사운동의 주체라는 것은, 주체가 없는 자연운동과는 달리 사회역사운동은 주체의 주동적인 작용과 역할에 의해 발생·발전하는 운동이라는 것이다. 즉 인류 역사가 민중의 주체적 힘에 의해 발전하여 왔다는 것이다.

또 주체사관이 인류 역사는 인민대중의 자주성을 위한 투쟁의 역사라고 하는 것은, 인류 역사가 인민대중의 자주적 발전을 가로막는 자연과 사회적 관계에 대해 투쟁하는 가운데 발전해 왔다는 것을 뜻한다.

자주적 발전을 가로막는 사회적 관계란 공산주의 이론에서 말하는 지배계급의 사회적 착취관계를 말한다. 그런데 식민지 사회에서는 자본주의적 수탈(자본가가 노동자를 수탈하는 것—이를 계급모순이라고 말한다)과 민족적 수탈이 중첩되었다는 것이다. 민족적 수탈이란 제국주의의 식민지적 지배(이를 민족모순이라고 말한다)를 말하는 것이다.

따라서 주체의 역사관에 의한 역사 기술은 민중의 제국주의에 대한 저항과 자본가 계급에 대한 저항으로부터 시작해야 한다. 역사 발전은 민중이 주체가 되어 온갖 자주성을 가로막는 제국주의와 자본가 계급과의 투쟁에서 동력을 가지고 시작되었기 때문이다. 민중사관에 따른 역사 기술이 민중의 투쟁사가 주를 이루는 이유가 바로 이것이다.

조갑제닷컴에서 출판한 《대한민국 교과서가 아니다》를 보면 좌편향 교과서는 현대 역사를 정부에 대한 저항운동과 시위의 역사로 서술하고 있다고 밝히고 있다. '건강과 가정을 위한 학부모연합'(건학연)은 '현재 고등학교 역사교과서 무엇이 문제인가'에서 다음과 같이 말하고 있다.

남한의 시위 장면 지속 반복

"(비상출판) 4·19 혁명 당시 수송초등학교 학생들의 시위 사진을 수록.

 - '우리는 왜 총을 들 수 밖에 없었는가?'로 시작하는 궐기문도 수록.

 - 제6장 대한민국의 발전과 현대 세계의 변화라는 현대를 기술

하는 첫 페이지부터 광주 시위를 말하면서 63페이지에 걸쳐 무려 17개의 시위 내용을 반복해서 수록.

　－ 신탁 및 반탁시위, 4·19 시위, 교수 시위, 학생 시위, 한일회담 반대 시위, 5·18 광주 시위, 이한열 영결식과 수입개방 반대 시위, 농민 시위, 6·10 민주화 시위 등"

　이런 역사 서술 방식은 북한의 주체사관에 의한 것임은 두말할 필요가 없다. 북한 역사서인 《현대조선역사》는 1945년 일제로부터의 해방과 미군정, 5·10 총선거, 대한민국 정부 수립 등에 대하여 다음과 같이 기술하고 있다.

　"미제의 식민지 예속화 정책을 반대하는 남조선 인민들의 투쟁
　미 제국주의자들은 우리 민족을 분열시키는 정책을 실시하면서 남조선에서 식민지 예속화 과정을 다그쳤다. …미제 침략자들은 남조선 인민들의 온갖 민주주의적 자유와 권리를 말살하기 위한 여러 가지 악법들을 만들어냈다. …미제는 특히 남조선에서 공산당을 파괴하려고 광분하였다. 미제는 1946년 5월에는 이른바 정판사 '위조지폐 사건'을 날조하여 공산당 본부를 습격하였으며 당 기관지인 '해방일보'를 강제 폐간시켰다.(217면)…
　남조선 인민들은 더는 참을 수 없었다. 그리하여 그들은 미제의 식민지 예속화 정책과 민족분열 정책을 반대하며 북반부에서와 같

은 민주개혁의 실시와 조국의 자주적인 통일독립을 요구하여 과감한 투쟁을 일으켰다.(219면)…

미군정의 유혈적인 탄압은 인민들의 분격과 반항을 더욱 격발시켰다. 미제의 야수적 탄압에 대항하여 노동자들은 대중적인 시위투쟁으로 넘어갔으며 10월에 들어서면서 드디어 전인민적인 반미 구국항쟁으로 발전하였다. 10월 1일 대구에서 군중들에 대한 무장경찰들의 발포를 계기로 폭발한 인민항쟁은 점차 남조선 전 지역으로 확대되었다.(220면)…

남조선에서의 5·10 단선과 친미정부 조작…

전체 조선인민은 망국 단독선거를 반대하는 투쟁에 한사람같이 떨쳐나섰다. '유엔임시조선위원단'의 입국과 망국 단선을 반대하는 2·7 구국투쟁이 남조선 전역에서 벌어졌다.(226면)…

제주도를 비롯한 남조선의 여러 곳에서 무장투쟁이 일어났다. 제주도 인민들은 무장으로 반동경찰을 제압하고 '선거'를 완전히 분쇄해 버렸다.(227면)…

남조선 정부 조작 후 남조선 인민들의 반미 반정부 투쟁(240면)…

1948년 10월에 여수 주둔 '국방군' 제14연대의 애국적 병사들의 폭동이 일어났다.

제주도 인민항쟁을 진압하라는 동원령을 받은 14연대 병사들은 동족살육에 내모는 정권의 배족행위에 분격하여 출동명령을 거부하고 단연 촉동에 궐기하였다.(241면)"

이런 내용들은 북한의 역사서술 방식은 민중의 투쟁사라는 것을 여실히 보여주고 있다.

4·19 혁명은 4월 인민봉기

북한 역사서는 1960년 4·19 혁명에 대하여 다음과 같이 기술하고 있다.

"제4장 남조선 인민들의 구국투쟁

제1절 4월 인민봉기(452면)…

미제와 이승만 정권을 반대하는 남조선 인민들의 이러한 투쟁은 1960년 4월에 이르러 이승만 정권을 전복하기 위한 대중적 봉기로 발전하였다.

⟨1960년 4월에 있은 인민봉기는 남조선 혁명운동 발전에서 새로운 전환점을 이루어 놓습니다. 4월 인민봉기는 미제와 그 앞잡이들은 식민지 통치 밑에서 오랫동안 쌓이고 쌓였던 남조선 인민들의 원한과 분노의 폭발이었으며 남조선 전역에서 수백만 명에 이르는 광범한 군중이 참가한 대중적인 반미 구국항쟁이었습니다.⟩(김일성 저작집)(457면)"

이어 박정희 장군에 의한 5·16 군사혁명에 대해 다음과 같이 기술하고 있다.

"제2절 군사파쇼독재의 수립, 사회의 민주화를 위한 인민들의
투쟁

미제에 의한 군사파쇼정권의 조작(461면)…

미제와 장면 정권은 남조선 인민들의 줄기찬 투쟁을 억제하려고
온갖 방법과 수단을 다 써가며 발광하였으나 투쟁은 시시각각으로
발전하여 '예상외의 사태'로 접근하였다.

이에 당황한 미제는 저들의 식민지통치를 유지 강화하기 위하여
1961년 5월 16일 박정희 등 군내의 극단적인 파쇼분자들을 내세워
'군사정변'을 도발케 하여 장면 '정권'을 밀어던지고 그 대신 가장
포악한 군사파쇼독재 '정권'을 조작하였다.(462면)"

북한의 역사 기술에 따르면 민중들의 반파쇼 민주화 투쟁이 격
화되자 드디어 국가폭력의 최대 강력한 방식인 파쇼통치체제가 박
정희 정부라는 설명이다. 당연히 여기에 반대하는 민중들의 투쟁이
다음으로 서술된다.

"군사파쇼를 반대하는 투쟁

미제의 조종 밑에 군사 파쇼 무리들은 새 제도와 새 생활을 갈망
하는 남조선 인민들의 혁명적 진출을 말살하고 심각한 위기에 처한

저들의 식민지 통치체제를 수습해보려고 전례 없는 야수적 탄압과 파쇼 테러통치를 더욱 강화하였다.(463면)…

6·3 봉기와 8월 투쟁(467면)…

〈1964년의 6·3 투쟁과 올해 8월에 또다시 일어난 시위투쟁은 미일 제국주의자들의 침략정책을 반대하며 매국도당을 때려 부수기 위한 반제, 반파쇼 애국투쟁이었습니다.〉(468면)…

반제 반파쇼 투쟁의 강화(475면)…

남조선에서의 반파쇼 민주화 투쟁은 군사파쇼 독재를 없애고 남조선 사회의 민주주의적 발전을 보장하기 위한 투쟁이며 민족의 영구 분열을 막고 나라의 통일을 앞당기기 위한 투쟁이다.(476면)"

이어 10월유신 체제의 등장과 유신을 반대하는 투쟁을 서술하고 있다. 북한의《현대조선역사》는 혁명의 주력인 노동자와 농민들의 투쟁을 기술하는 것도 잊지 않고 있다.

"남조선에서의 반파쇼 민주화 투쟁은 군사파쇼 독재를 없애고 남조선 사회의 민주주의적 발전을 보장하기 위한 투쟁이며 민족의 영구분열을 막고 나라의 통일을 앞당기기 위한 투쟁이다.(476면)"

《현대조선역사》는 이어 1979년 10월의 부마(釜馬)투쟁과 1980년 5월의 광주투쟁을 기술하고 있다.

"10월 민주항쟁은 부산대학교 학생들의 투쟁을 발단으로 하여 시작되었다.(486면)…

광주인민봉기

〈…지난 5월 수많은 인민들이 일제히 떨쳐 일어나 손에 무장을 들고 용감히 싸운 광주인민들의 영웅적 봉기는 남조선의 파쇼통치 지반을 크게 뒤흔들어 놓았으며 미제와 그 앞잡이 군사파쇼분자들을 불안과 공포에 떨게 하였습니다.〉(김일성 저작집)(488면)"

민중사관에 입각한 교과서는 대한민국 교과서가 아니라 북한 혁명론이다

앞서 소개한 건학연의 '현재 고등학교 역사교과서 무엇이 문제인가'와 북한의 역사서인 《현대조선역사》를 비교하면 그 서술 방식이 놀랍도록 일치한다. 북한의 역사 기술과 대한민국 고등학생들이 배우는 역사교과서의 기술 방식이 똑같은 것이 다시 한 번 확인되는 순간이다.

정경희 교수는 민중사학은 대한민국이 미 제국주의자들의 식민지로서 대한민국 현대사를 지배계급과 피지배계급의 대립 구도로 파악하는 마르크스주의 역사관이라고 설명했다.

더 정확히 말하면 미 제국주의와 그와 결탁한 매판 자본가들의 수탈과, 이에 저항하는 한국 민중들 간의 투쟁의 역사라고 본 북한 주체사관을 철저히 추종하는 사관이 민중사관이다.

이런 기술 방식은 북한이 정식화한 민족해방 인민민주주의 혁명론에서 말하는 사회 성격과 혁명의 대상과 동력, 임무에서 말하고 있는 것을 역사 서술 방식으로 설명하고 있는 것이다.

대한민국의 성공은 세계사적 사건이다

대한민국을 저주하고 혁명을 꿈꾸는 주체사관을 대한민국 학생들이 배워서는 안 된다. 8·15 해방 직후 북한 보다 훨씬 못한 조건에서 대한민국은 출발했다. 70년이 지난 현재 대한민국과 북한은 비교의 대상이 되지 않는다. 북한은 유래 없는 3대 부자(父子) 세습과 경제적 실패로 세계가 조롱하는 대상이 된 지 오래다. 그러나 대한민국은 어떤가?

대한민국은 북한의 저주와는 달리 2차 세계대전 이후 식민지에서 해방된 나라 가운데 그 유래를 찾아보기 어려운 성공의 역사다. 미국과 일본을 제외하고는 대한민국과 같은 성공 스토리를 찾아보기 어렵다.

중국이 대한민국의 성공 스토리를 모방하고 있는 데서 대한민국의 역사가 가지는 세계사적 지위를 확인할 수 있다. 단순히 대한민국의 성공을 넘어 아직도 산업화와 민주화를 이루지 못한 숱한 제3세계 국가들이 따라 배워야 할 모범이다.

아직도 가난과 정치적 인권적 속박에서 벗어나지 못한 제3세계 국가들에게 대한민국의 성공경험을 설명하고 이들을 성공으로 이끌어야 하는 세계사적 책임이 우리 대한민국과 국민들에게 있는 것이다. 이 성스러운 책임과 역할을 누가 저주하는가?

분노와 증오의 한국 정치, 그 뿌리는 전대협

−좌파 정치권의 뿌리 찾기

사회혁명 위해 공산주의 사상 수입, 상대를 대화의 대상이 아니라 타도의 대상으로 삼아

막말 정치. 잊을 만 하면 다시 터지고 반복된다. 어제 오늘이 아니다. 도대체 막말 정치의 근원은 무엇인가? 단순히 발언 실수인가? 아니면 무심결에 내 뱉은 본심의 표현인가? 오늘 한국 정치 극한 대립의 실태를 나타내는 단어 중의 하나가 막말이다.

막말의 근원에는 상대방에 대한 인정 대신, 상대방에 대한 분노와 증오가 자리 잡고 있다. 상대가 대화의 상대라고 판단한다면 그처럼 거친 표현이 쉽게 나오지 않을 것이다. 만약 상대가 분노와 증오의 대상이라면 표현은 달라진다.

정치는 기본적으로 대립적인 요소를 가지고 있다. 사람들이 소중하게 여기는 '한정된 자원의 배분권'이 정치에게 주어져 있기 때문이다. 한정된 자원에는 돈 뿐만 아니라 지위, 명예 등도 포함된다. 정치를 통해 자원이 배분될 경우 이 배분에 이익을 보는 세력과 손해를 보는 세력을 양산하는 것은 기정사실이다. 모두를 만족시키는 배분은 없기 때문이다.

오늘날 우리가 채택하고 있는 자유민주주의가 복수정당제, 선거와 다수결 등을 중시하는 이유는 대립을 포함하고 있는 정치의 본질을 간파했기 때문이다. 복수의 정당이 자신의 자원 배분에 대한 원칙과 내용을 정책이라는 명칭으로 포장하여 국민들에게 설명하고, 선거를 통해 심판을 받는 것이다.

선거를 통해 승리한 정당은 자신들의 정책을 실행하고, 그 결과를 다시 선거로 심판받는다. 패배한 정당은 자신들이 국민 다수의 선택을 받지 못한 원인을 반성하고 다시금 변화 발전된 자신들의 정책에 대한 지지를 호소해 정권 교체를 실현한다.

자유민주주의의 요체는 '선거'와 '결과에 대한 승복'이다. 선거에 승리한 집권세력의 밀월기간이 존재하는 것은 승리한 정당이 자신의 정책을 실현하고 그 평가를 받을 시간을 주려는 사려 깊은 배려다. 이런 선순환 과정을 통해 정치가 발전하고 국민들의 삶의 질이 개선되는 것이다.

극한 대립의 정치, 그 뿌리는 전대협

오늘날 한국 정치의 행태, 특히 야당의 행태를 한마디로 표현한
다면, 극한 대립의 정치다. 과거 권위주의 시절에도 여야(與野)의
대립은 있었다. 그러나 대부분의 경우 타협도 성공적이었다. 그러
나 현재 야당의 막말과 극한 대립 그 어디에도 상대방에 대한 배려
는 찾아보기 어렵다.

당연히 이들에게서 선거 결과에 대한 승복은 찾아보기 힘들다.
선거에 패배한 다음날부터 극한 투쟁이 시작된다. 자신들의 선거
패배는 우매한 백성들의 잘못된 선택의 결과다. 자신들이 너무나
옳고 정당하기 때문에 우매한 백성들의 선택 따위는 고려하지 않아
도 되는 것이다.

이러한 무모한 자기 확신과, 그것에 기인한 잘못된 행태는 어디
에서 비롯된 것일까? 이들의 극한 대립은 어디에서 비롯된 것인가.
상대방이 나와 대화의 대상이 아니라 타도의 대상, 극복의 대상으
로 인식되기 때문이다.

오늘날 한국 야당의 주류는 소위 386 운동권이다. 다시 말하면
전대협 세대들이 한국 야당의 주류를 형성하고 있다. 전대협, 즉 전
국대학생대표자협의회는 1987년 건설된 전국 대학 총학생회 협의
체다.

1987년 7월 5일 연세대 재학생이던 이한열 씨가 시위 도중 사망

하자 장례 절차를 논의하기 위해 모인 자리에서 전대협 결성이 합의되었다. 같은 해 8월 19일 충남대에서 전국 95개 대학 4000여 명이 참석한 가운데 제1기 전대협이 발족되었다.

당시 전대협은 학생운동사상 최대의 조직으로서 각 대학 총학생회장이 대의원이 되는 협의체였다. 전대협은 발족 선언문에서 군부독재정권과 제국주의자의 타도를 선언하고, 활동 방향으로 자주적 민주정부 수립, 외세 배격, 독재 종식, 평화통일에 기여, 민중과의 연대, 학원 자율화 등을 천명했다.

사회혁명 위해 공산주의 사상 본격 수입

당시 전대협을 이끌던 인물들이 정치에 투신하여 야당(더불어민주당)의 주류를 이루고 있는데, 이들의 잘못된 인식이 오늘 한국 정치를 망치고 있다. 이들이 사사건건 대한민국의 경제 질서와 가치에 대립각을 세우고 있다. 정치가 한국의 발목을 잡고 있는 것이다. 따라서 전대협의 사상과 가치를 정밀 복기하면 이들의 정치 행태에 대해서 많은 정보와 자료를 얻을 수 있다.

1980년대 학생운동의 특징은 사회혁명을 위해 공산주의 사상을 본격적으로 수입한 것이다. 공산주의 사상은 혁명을 위한 철학이다. 마르크스는 혁명의 동력을 어디서 가져올 것인가를 고민하다가 인간 본성의 깊숙한 곳에 존재하는 분노와 증오를 발견했다.

생물 중 가장 고등한 인간의 대립은 곧 살육이다. 인간과 인간의 대립은 곧 공멸, 멸망을 의미했다. 따라서 인간은 수 만 년 발전해오는 과정에서 분오와 증오를 조절하고 억제하는 훈련을 해왔다. 그것은 우리 인간에게 존재하는 예의범절과 도덕 등으로 축약되어 있다.

분노와 증오를 억제하려는 인간의 노력은 성공적이었다. 그러나 마르크스는 혁명을 위해 인간의 분노와 증오를 끌어냈다. 가진 자, 자본가 계급에 대한 분노와 증오를 사회혁명의 동력으로 삼은 것이다.

공산주의 사상의 가장 중요한 이론적 기둥은 계급투쟁론과 역사적 유물론이다. 그중 계급투쟁론이야말로 공산주의 혁명이론의 핵심이다. 또 분노와 증오의 철학의 핵심이다. 공산주의자들의 설명을 들어보자.

발전된 새로운 생산력과 구태의연한 낡은 생산관계 사이에 갈등이 일어나게 된다. 생산력과 생산관계의 갈등은 생산력의 발전에 이해관계를 가지는 근로자 계급과, 과거의 생산관계를 유지하는 데 이해관계를 가지는 지배계급 사이의 대립으로 전환된다. 그것이 계급의식에 반영되어 근로자 계급과 지배계급 사이의 계급투쟁으로 표출된다는 것이다.

이것은 낡은 생산관계를 새로운 생산관계로 교체해야 할 사회혁명 과업이 제기되고 있다는 것을 말한다. 생산력 발전에 이해관계를 가지는 근로자 계급이 낡은 생산관계를 유지하려 하는 지배계급을 타도하고 새로운 생산관계로 교체함으로써 사회혁명은 승리하게 된다. 공산주의는 이런 계급투쟁을 사회발전의 동력으로 보았다.

계급투쟁론이야말로 분노와 증오의 정점이다. 노동자들은 생산력 발전의 담지자다. 사회 발전은 이들의 손에 있다. 따라서 노동자들은 지고의 선(善) 그 자체다. 반면에 자본가들은 악(惡)이다. 자본가들은 자신들의 이해를 위해 사회 발전을 가로막고 있기 때문이다.

따라서 자본가를 타도하는 것은 사회 발전을 위해 의미 있는 일이 된다. 공산주의가 '계급의 적'에 대한 분노와 증오를 아무 제약 없이 표출하는 이유가 바로 이것이다.

전대협 회칙에 숨어 있는 비밀

한국 정치의 극한 대립에는 전대협 세대들이 도입한 공산주의 사상에 그 근원이 있다. 이들은 공산주의에서 한 걸음 더 나아갔다. 1986년부터 본격적으로 김일성주의를 수입하고 북한 공산당의 지도적 지위를 인정했다.

전대협을 배후에서 지도했던 '반미청년회' 조혁의 고백을 들어보자. 조혁은 1987년 대선(大選) 투쟁에서 학생운동에 김대중(DJ)에 대한 '비판적 지지'론을 제기했다. 당시 다수의 대학이 이 노선에 따랐으나 결과는 실패였다. 이에 대해 조혁은 자신이 발행했던 기관지에 자기비판의 글을 게재했다.

"나는 노태우 집권을 방조한 운동가로서의 책임을 통감하고 한국민족민주전선이 지령한 노태우 집권 저지와 단독 올림픽을 저지하는 투쟁에 나의 모든 노력과 재산과 생명까지라도 다 바쳐 싸울 것을 결의합니다. 나로 인해 화합과 대타협의 국면이 조성되었으므로 이젠 다시 대결과 투쟁의 국면을 유지하도록 혼신의 노력을 기울일 것입니다."

조혁의 글에서 두 가지를 주목해야 한다. 하나는 북한의 대남(對南) 혁명기구인 '한국민족민주전선'의 지령을 언급하고 있다. 자신의 활동이 북한의 지령을 수용한 결과라는 뜻이며, 이는 한국 학생운동에 대한 북한의 지도적 위치를 스스로 표출한 것이다.

다음으로 그는 화합과 대타협이 아니라 대결과 투쟁 국면으로 전환시키겠다고 선언했다. 분노와 증오의 구체적 행태가 대결과 투쟁이다. 그는 화합과 대타협 국면이 조성된 것에 알레르기반응을 보이고 있는 것이다. 이는 공산주의 사상의 구체적 표현이다.

전대협 회칙을 살펴보자.

"전국 대학생 대표자 협의회 회칙 초안
1. 명칭: 본회의 명칭은 전국 대학생 대표자 협의회(이하 전대협)라

고 한다.

2. 목적: 전대협은 전국 백만 학도의 단결과 통일을 기하며, 민주적 학생자치활동의적극 옹호 및 보장과 분단된 조국의 자주·민주·통일의 실현에 기여한다.

1) 외세의 배격과 독재의 종식을 위하여 완전한 민주주의 자주독립국가의 건설을 위해 헌신한다.

2) 민족과 민중에 근거한 진보적 민주주의의 구현에 기여한다."

전대협은 대중조직이다. 따라서 배후조직이나 비밀조직에서와 같이 노골적인 표현은 없다. 그러나 그 단초들은 곳곳에 존재한다. 회칙에서 전대협은 '자주·민주·통일'의 실현에 기여한다고 표현하고 있다.

이는 북한이 정식화한 대남혁명의 3대 투쟁 과제인 반미 자주화 투쟁, 반독재 민주화 투쟁, 조국통일 촉진 투쟁을 말하는 것이다.

더 있다. 2조 2항의 민족과 민중에 근거한 진보적 민주주의 구현에 기여한다는 표현이다. 어디선 본 적이 있지 않은가. 바로 헌법재판소에 의해 해산 선고를 받은 '통합진보당'의 강령에 있는 내용이 '진보적 민주주의'다. 통진당 간부는 자신들의 내부 모임에서 "'진보적 민주주의'는 수령님께서 제시하신 것"이라고 밝히고 있다.

진보적 민주주의에 대한 헌재의 판결을 인용해 보자.

"피청구인 주도세력은 우리나라를 미국과 외세에 예속된 천민적

자본주의 또는 식민지 반자본주의 사회로 인식하고 있고, 자유민주주의 체제가 자본가 계급의 정권으로서 자본가 내지 특권적 지배계급이 국가권력을 장악하여 민중을 착취 수탈하고 민중의 주권을 실질적으로 강탈한 구조적 불평등 사회로 인식하고 있다.

피청구인 주도세력은 이러한 자유민주주의 체제의 모순을 해소하기 위해 민중이 주권을 가지는 민중민주주의 사회로 전환하여야 하는데 민족해방문제가 선결과제이므로 민족해방 민중민주주의 혁명을 하여야 한다고 주장한다.

그런데 피청구인 주도세력은 자유민주주의 체제에서 사회주의로 안정적으로 이행하기 위한 과도기 정부로서 진보적 민주주의 체제를 설정하였다. 한편, 피청구인 주도세력은 연방제 통일을 추구하고 있는데, 낮은 단계 연방제 통일 이후 추진할 통일국가의 모습은 과도기 진보적 민주주의 체제를 거친 사회주의 체제이다.…

피청구인 주도세력은 폭력에 의하여 진보적 민주주의를 실현하고 이를 기초로 통일을 통하여 최종적으로 사회주의를 실현한다는 목적을 가지고 있다. 피청구인 주도세력은 북한을 추종하고 있고 그들이 주장하는 진보적 민주주의는 북한의 대남혁명전략과 거의 모든 점에서 전체적으로 같거나 매우 유사하다.”

헌재의 판결은 분명하다. 진보적 민주주의는 북한의 대남 혁명전략과 같다는 것이다. 진보적 민주주의가 북한으로부터 수입된 것이라는 뜻이다.

전대협은 회칙에 자신들의 목적이 진보적 민주주의라고 쓰고 있다. 대한민국이 미국에 예속된 사회이며, 자본가들의 착취가 일상화된 사회라는 인식에 기반하고 있다는 것을 나타내는 구체적 표현이다. 혁명을 기정사실화하고 있는 것이다.

혁명을 위해 대결과 투쟁의 일상화를 꾀하고 있는 것이다. 만일 상대가 자본가 계급, 지배계급이라면 타도와 극복의 대상이다. 여기에 대화와 타협이 끼어들 자리는 없다.

전대협 주역들은 성장하여 오늘 대한민국의 정치 주역이 되었다. 그들 중 일부는 야당의 주류가 되었다. 이들이 아직도 학생 시절에 가졌던 대립과 투쟁의 사상에 머물러 있다면 한국 사회의 앞날이 암울하다. 이제 그들은 한국 사회를 주도하는 리더들이기 때문이다.

한국 정치의 극한 대립의 이면에 자리 잡고 있는 분노와 증오의 사상을 걷어내야 한다. 극한의 정치적 대립이 한국 사회 발전의 발목을 잡고 있다. 대한민국이 보다 더 나은 사회로 나아가기 위해서 이의 극복이 시급한 이유다.

운동권은 답하라

과거 386 핵심 지도그룹과 숱한 좌파 지식인들은 이제 답해야 한다. 그들의 주장에 따르면 대한민국은 미 제국주의의 수탈에 의해 이미 망하거나 역사 속에서 사라졌어야 했다. 그런데 그들의 기대와는 정반대로 우리 사회는 발전했고, 대한민국의 성장을 이 지구상에서 아무도 의심하지 않고 있는 이 현실에 대해 설명해야 한다.

30여 년이 지난 지금, 그들이 그토록 추종했던 사회주의 나라의 본류인 소련은 이미 망했고, 북한은 더 이상 사람이 살 수 없는 가장 실패한 나라라는 이 모순된 현실에 솔직해야 한다.

나는 30여 년이 지난 지금, 이들이 아직도 과거의 생각에 머물러 있다고는 생각하지 않는다. 최소한 그렇게 믿고 싶다. 그렇다면 이제 솔직해져야 한다. 우리 사회의 주류로 등장한 386 핵심 지도부는 과거 그들의 주장에 대해 현재 그들은 어떤 평가를 내리고 있는지, 만일 바뀌었다면 어떻게 바뀌었는지 등에 대해 밝혀야 한다.

그것이 과거 그들의 말과 행동을 기억하고 있는 사람에 대한 도리다. 또한 우리 사회를 이끌고 있는 사람으로서 의무이기도 하다.

이동호 李東湖

1977년   경남상업고등학교 졸업
1990년   연세대학교 신학과 졸업
2006년   연세대학교 일반대학원 사회학과 석박사통합과정 2학기 중퇴
1981년 3월~ 1983년 10월 육군 특전사 하사 만기제대
1988년 2월~ 1989년 2월 서울지역총학생회연합 연대사업국장
          (전국대학생대표자협의회 연대사업 국장 겸임)
1999년 1월~ 2001년 12월 을지정보통신 대표이사
2003년 6월 북한민주화포럼 사무총장
2006년 10월~ 2007년 2월 한나라당 참정치운동본부 총간사
2007년 1월~ 캠페인전략연구원 정책기획단장
2010년 6월~ 2012년 1월 중소기업진흥공단 상임감사
2012년 3월~ 2012년 6월 새누리당 지방선거대책위 실무기획단 팀장
2005년 11월~ 자유민주연구학회 사무총장
2013년 3월~ 2015년 8월 연세대학교 이승만연구원 객원연구원
2014년 5월~ 네이버 편집자문위원회 자문위원
2015년 8월~ 〈미래한국〉 편집위원

문제는 정치야 바보야
– 운동권 정치를 심판한다

초판 1쇄 인쇄 2016년 2월 15일
초판 1쇄 발행 2016년 2월 20일

지은이 | 이동호

펴낸곳 | 북앤피플
대　표 | 김진술
펴낸이 | 김혜숙
디자인 | 박원섭

등　록 | 제2016-000006호(2012. 4. 13)
주　소 | 서울시 송파구 삼학사로14길 21
전　화 | 02-2277-0220
팩　스 | 02-2277-0280
이메일 | jujucc@naver.com

ⓒ2016. 이동호

ISBN 978-89-97871-21-6 03810